일하고 일하고 사랑을 하고

일하고 일하고 사랑을 하고

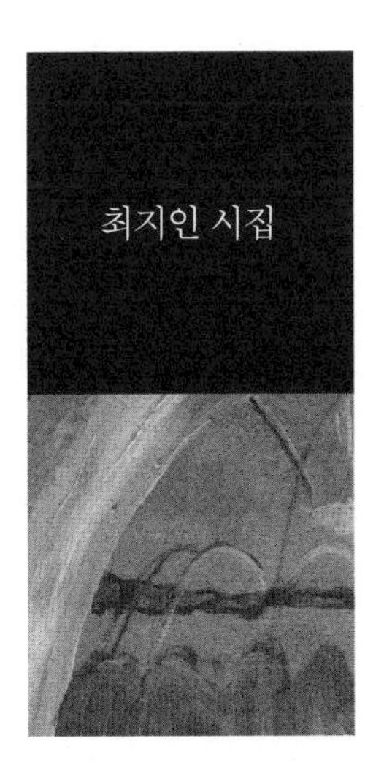

창비

표지로 쓰인 작품은 김은정 작가가 그렸다. 그는 겹쳐지고 포개지는 시집 속 이야기를 유채화로 표현했다. 제목은 「녹는점」이고, 크기는 가로 24.5센티미터, 세로 33.5센티미터이다.

하늘과 바다가 노랗게 물들어 있다. 노랑은 히아신스 꽃잎 같고, 평온하고 잔잔한 목소리 같다. 해의 흔적이 오른쪽 위부터 화폭을 가로질러 왼쪽 아래까지 포물선을 그린다. 파도가 밀려온다. 어쩔 수 없는 일들처럼 조용하고 담담하게. 바람결에 바다 냄새가 실려 있다. 파도가 부서진다. 하늘에서는 삶의 파편인 듯 붉고 노란 빛줄기가 터져 나온다. 뜨거운 것에 닿은 듯이. 빛의 자국들 사이 푸른 빛을 띤 구름이 떠다닌다.

중앙에는 주홍 상자가 있다. 상단에 검정 글씨로 '일하고 일하고 사랑을 하고'라고 적혀 있다. 그 아래 흰 글씨로 '최지인 시집'이라고 적혀 있다. 왼쪽 아래에는 작은 검정 상자가 있다. 그것에 흰 글씨로 '창비시선', 그것보다 크게 주홍 글씨로 숫자 '472'가 적혀 있다. 표지의 오른쪽 아래에는 창비의 로고가 있다.

이 시집이 오디오북 혹은 점자 도서로 만들어질 때 표지 디자인을 전하고자 부족하지만 짧은 설명을 이 면에 적는다.

차례

제2부 · 이것도 사랑이라고 말할 수 있을까

제3부 · 우리는 죽지 말자 제발 살아 있자

제1부

슬픈 마음이
안 슬픈 마음이 될 때까지

섬

바위 위 사마귀

바위색 사마귀

그것들 뒤로 그림자

나는 벌써 백발이 되었다

그날 운세는 이러했다

쪽배가 큰 파도를 만나 예상치 못한 일로 변고를 당할 수 있다

그러나 절대 불의를 행하지 마라

트럭을 피하려다 벽에 차를 박았다

보조석 범퍼가 깊게 파였다

아무도 다치지 않았다

무더운 여름이었다

어제는 저녁에 한강공원을 걸었다

죽은 지렁이들을 보았다

실패한 사랑은 아무것도 하지 않는 것에 대한 괜찮은 변

명거리다
누구나 실패하니까
그렇다고 해서 포기할 순 없다

경광봉을 흔드는 한 사람과
참 캄캄한 하늘
네가 가리킨 것은
맑고 향기로운 잘못들이었다

너는 슬퍼지지 않는 것 따위는 삶이 아니라고 말하는 사람이었고
나무들 사이를 지나는데
손끝이 닿았다
다음 생은 엉망으로 살고 싶어, 마음껏 엉엉 울고 그 누구도 되지 않는, 그럼 아쉬워도 태어나지 않겠지, 나뭇가지에 옷을 걸어두고 이제 여름으로, 여름으로

사랑한다 말하면 무섭다
그것이 나를 파괴할 걸 안다

초파리가 과일 껍질 위를 맴돌고 있다
옆으로 돌아누운 너는
이해할 수 없는 사람
네가 거기 있다는 걸 알 수 없듯이
서성이는 슬픔

저 멀리 섬들 보인다
이제 바다를 건널 것이다

빛의 속도

행복은 어떻게 나눌 수 있을까 디저트 접시에 놓인 케이크처럼

걱정은 뗄 수 없고, 근데 우리 매여 살진 말자 잘될 거란 말과 걱정 말라는 말

사이

있으나 마나 한 것이 많다

우리 언제 마지막으로 봤지

반말을 했던가

너는 "언제 한번 놀러 와" 하고 환히 웃었고

너를 생각하면

의자와 서랍장을 싣고 서울에서 철산까지 차를 몰고 온 일이 제일 먼저 생각나 그것들은 답십리로 이사해서도 썼고 파주로 오면서 버렸어 여름에 받은 네 편지는 겨울이 돼서야 다 읽었어

그날 밤

우리는 서로를 털어놓았고

거리에서 밤을 지새웠다

「모든 것에 평화를」이라는 시를 들은 것도
그 밤이 처음이었다

미안한데 나는 자동응답기가 아냐
우리는 언젠가 헤어지게 될 거라고

어떨 때 너는 친밀감을 느껴?
그립다는 말에는 오해의 소지가 있고
그냥 생각난다
종종 생각난다
술 좀 줄여 제발

어제는 구급차를 불러야 할까 고민했었어 도무지 일어설 수가 없어서 점심때 짬뽕을 먹었는데 그게 문제였던 거 같아
빌어먹을
그래도 힘은 내야 하지

신은 왜 인간에게 영생을 주려 할까
가장 끔찍한 선물을

스테이지
스테이지
끝없이 이어지는

정신 차려
서로의 뺨을 때리며

삐삐삐삐
삐 —
경보음 울리는데 네가
괜찮다고 뒤에서
손 흔든다

죄책감

너와 손잡고 누워 있을 때
나는 창문에서 뛰어내리는 한 사람을 떠올렸다

이 세계의 끝은 어디일까
수면 위로 물고기가 뛰어올랐다

빛바랜 벽지를 뜯어내면
더 빛바랜 벽지가 있었다

선미(船尾)에 선 네가 사라질까봐
두 손을 크게 흔들었다

컹컹 짖는 개를
잠들 때까지 쓰다듬고

종이 상자에서
곰팡이 핀 귤을 골라내며

나는 나를 미워하지 않는다

기도했었다

고요했다
태풍이 온다던데

아무런 진전이 없었다

보드빌

어느 부부가 산 중턱에 개를 버리고 서둘러 하산하다가 크게 다칠 뻔했다 그들은 운이 좋았다 무사히 차를 타고 주차장을 빠져나갔다

개는 킁킁 흙과 돌의 냄새를 맡았다 나무그루에 오줌을 누었다 중턱을 이리저리 돌아다녔다

나는 얼마간 그 개와 걸었다
곁에서 걷다가 멀어지는 개를 기다리며
먹을거리를 주어도 먹지 않는 개를 쓰다듬으며
집부터 치워야겠다고 생각했다

세상은 몇가지 짐들
잘 때 입는 옷과 반쯤 남은 헤어에센스 하늘색 칫솔 주고받은 편지 녹이 슨 물뿌리개

수풀 사이로 사라진 개는
불러도 오지 않았다

열아홉살 때
우리는 크다면 크고
작다면 작은 잘못들을 저질렀다

바닥에 가래를 뱉는 청소년 무리와
비스듬히 주차된 승용차 망가진 가로등

그중에는 손목을 긋거나 예기치 않은 사고로
세상을 떠난 이도 있다

제일 먼저 담을 넘은 친구는
우리 가운데 가장 키가 컸다

깜깜해지도록
놀이터 벤치에 앉아 수다를 떨고

옥상 난간에 걸터앉아 바람을 쐬다
하나둘 흩어지던 때였다

갈 곳 없는 몇몇만이
삼삼오오 시내를 어슬렁거렸다

승강기가 지하로 향하고
다음 날
그다음 날

나는 리그 최우수선수로 선정된 스포츠 스타의 인터뷰 영상을 몇번이고 되돌려 보다가 잠이 들었다

가족을 버린 아버지와
얼굴도 보기 싫다 떠난 어머니
친구들의 집을 전전하며 매일 잠자리와 먹을거리를 걱정해야 했던 소년
인간의 맨 밑바닥은 어디일까 마을 사람들이 수장당하는 걸 본 소년은 지금쯤 할아범이 되었을까

작은 모닥불 앞에 둘러앉은 소원들
높고 맑은 마음들

서른 내내 가난했고
어쩔 수 없는 미래에 뒤척이다
깼다

교사가 학생을 불러 세워 빰을 때리고
고학년이 저학년을 불러 세워 빰을 때리는
액션 영화의 엔딩 크레디트

아득히 먼
끝과 끝

기다리는 사람

회사 생활이 힘들다고 우는 너에게 그만두라는 말은 하지 못하고 이젠 어떻게 살아야 하나 고민했다 까무룩 잠이 들었는데 우리에게 의지가 없다는 게 계속 일할 의지 계속 살아갈 의지가 없다는 게 슬펐다 그럴 때마다 서로의 등을 쓰다듬으며 먹고살 궁리 같은 건 흘려보냈다

어떤 사랑은 마른 수건으로 머리카락의 물기를 털어내는 늦은 밤이고 아픈 등을 주무르면 거기 말고 하며 뒤척이는 늦은 밤이다 미룰 수 있을 때까지 미룬 것은 고작 설거지 따위였다 그사이 곰팡이가 슬었고 주말 동안 개수대에 쌓인 컵과 그릇 들을 씻어 정리했다

멀쩡해 보여도 이 집에는 곰팡이가 떠다녔다 넓은 집에 살면 베란다에 화분도 여러개 놓고 고양이도 강아지도 키우고 싶다고 그러려면 얼마의 돈이 필요하고 몇년은 성실히 일해야 하는데 씀씀이를 줄이고 저축도 해야 하는데 우리가 바란 건 이런 게 아니었는데

키스를 하다가도 우리는 생각에 빠졌다 그만할까 새벽이

면 윗집에서 세탁기 소리가 났다 온종일 일하니까 빨래할 시간도 없었을 거야 출근할 때 양말이 없으면 곤란하잖아 원통이 빠르게 회전하고 물 흐르고 심장이 조용히 뛰었다

암벽을 오르던 사람도 중간에 맥이 풀어지면 잠깐 쉬기도 한대 붙어만 있으면 괜찮아 우리에겐 구멍이 하나쯤 있고 그 구멍 속으로 한계단 한계단 내려가다보면 빛도 가느다란 선처럼 보일 테고 마침내 아무것도 없이 어두워질 거라고

우리는 가만히 누워 손과 발이 따듯해지길 기다렸다

숨

나아진다는 게 뭘까
여러날 동안
여러달 동안

완전히 다른 사람이 되고 싶다고
하지만 우리를 주저하게 하는 것들

면담이 끝났다
그만둘 날이 정해졌다

사무실 이곳저곳에서
경보음이 울렸다

무슨 일이야?
지진이 났대

모두 자리를 지키고 있었다

*

우리 곁을 맴도는 바람 잠시 머문 햇살 이사를 앞둔 사람
네가 없는 여기

내가 떠난 건 네가 아니야
아프지 말자

우리의 고뇌를 위해서
알 수 없는 마음은 그냥 두자

*

아니야, 그건 내 이기심이야

*

누군가 말했다 극빈의 생활을 하고
배운 게 없는 사람은

자유가 뭔지도 모른다고

그런 자유는 없다
우리 시대 지식인들은 모든 인민에게 빚지고 있다

나는 무엇에 공모하고 있는가
이 구미 자본주의에
이 신자유주의에

바로잡을 기회는
있었다 분명 잘못된 것을
알면서도 그대로 둔 것이다

꽁꽁 언 고기가 녹고 있다

*

아름다운 것은 아프고
아픈 것은 아름다워서

우리는 우리의 잘못을 해지도록
읽고 또 읽었다

이 밤이 계속되기를 바라며
가만히
가만히

언젠가 우리는 이 원룸을 떠날 테고

당신에겐 흑과 백만 있군요
회색이 필요해요
같이 해봐요

「미네르바의 올빼미」*는 헤겔의 말에서 따온 제목이다 지혜라는 것은 무릇 시간이 흘러야만 체득할 수 있다 어두워질 때 비로소 우리의 눈이 떠진다
지혜의 발로 걷는 이들

그다지 놀랍지 않다
수년 전부터 각오하고 있었다
나의 죽음,
나는 동료와 땅을 팠다 쉬지 않고 팠다
이제 그만 파도 되지 않을까
우리는 누가 옳고 그른지 알 수 없었다
알 수 없는 사람들이었다

때가 아니다
돌아갈 곳이 있어서 좋지?

누군가 기다리고 있어서 다행이지?
같이 해봐요

대학 졸업하고 월 백만원 받으며 사회생활을 시작했다 출근 첫날 깜빡하고 손톱 하나를 덜 깎았다•

•손의 모양은 어떤 어휘집이 된다.
『수어집』

손톱은 말한다
긴 손톱 하나와 정리된 손톱들은 말한다
이다, 아니다
다들 틀렸으면서
자기만 옳다고 여긴다는 오래된 속담

월세를 못 낼지도 모른다는 두려움
세입자는 그 공포 때문에 적은 월급을 받고도 야근하고 부당한 요구에도 침묵하고 집에 돌아오면 드라마를 몰아 보며 캔맥주를 홀짝이다 잠이 드는 생활에 빠진다

그들은 불타고 있다

네게 어디냐고 물었을 때
넌 여기가 어딘지 모르겠다며 울었다

아파트 단지 외벽에 기대어
졸고 있는 널 발견했을 때
넌 이미 술이 깬 상태였다

이유를 알고 싶어
그때 왜 그랬는지

신도림에서 만나자 했잖아
왜 영등포로 갔어?
나도 모르게 거기서 내렸어
그 근처에 살았었거든
이제 그곳엔 쇼핑센터가 즐비하다

잘못되는 건 막을 수 없지만

진실을 노래하는 사람들
쓸데없는 일에 체력을 소모하는 이들
법의 질서를 수호하는 공무원들
질서란 무엇이지?
표준규격에 알맞은 볼트와 너트

우리의 미래를 가늠해보면서
Black is not nothing, Black is everything;
그땐 다 그랬다 어려운 시절이었지 그래도 잘 견뎌서 여기까지 온 거 아니냐 누가 물어보면 우리 엄마 얘기라고 하거라

가방에는 십년 전 죽은 유리의 머리핀이
들어 있었다
플라스틱 소재의 핫핑크색
리본 모양 머리핀
내가 스무살 무렵
유리는 거품을 물고 쓰러졌다 나는 숨을 불어 넣으면서 간절히 기도했다 그가 싸늘해질 때까지

그가 묻힌 곳은 몇년 뒤 콘크리트로 뒤덮였다

불행한 이야기는 언제나 필요한 법이다
나는 좋아하는 노래만 듣고 또 들었다

터널 내 화재가 발생했습니다
라디오 음악 방송에서 갑자기
절대 차량을 유턴하거나 역주행하지 말 것
비상시를 제외하고 가급적 차량을 정지시키지 말 것

난 해피하다
해피해
죽은 이들의 몫까지

하나가 수업 시간에 뛰쳐나가
오열하며
운동장 가로질러
농구 코트로
하나가 아니라 둘

둘이 아니라 셋
셀 수 없이 많은 하나가
오보였고 나는 부끄러웠다
슬픔보다 부끄러움이 앞섰고
부끄러움이 슬픔보다 앞서서

증언들은 우리를 위로하고 각성시키며 더 나은 사람이 되라고 독려한다

그들에겐 있고 우리에겐 없는 것에 대하여;
동네가 망해버려서 '임대 문의'가 적힌 가게들로 가득하다 골목 모퉁이 슈퍼에서 백반을 팔았고
'이인분 이상만 주문할 것'
일인분도 가능할까요?
해드릴게요
먹고사는 게 들키지 않도록
입안 가득
쌈을 쑤셔 넣었다

형은 마흔을 앞두고 위암 4기 판정을 받았다
형이 이십대였을 때 같이 찍은 사진
흙바닥에 카메라를 두고
주황색 축구 유니폼을 입고
쪼그려 앉아 포즈를 취하고 있는
형과 나
그날 경기는 유리 공장에서 일하는 외국인 노동자들과 치렀다 나는 벤치에 앉아 있다
마지막 몇분을 뛰었다

넌 사랑받는 것에 익숙하지 않구나
난 미움받는 것이 두려워
그건 모두 두려워하는 거지

내 주변에는 유독 아픈 사람이 많네
다 아프네

마음이 약해질까봐 눈을 마주치지 않거나 아예 입을 닫기도 했다

나도 내렸어
우리 둘 다 늦지 않겠다
다행이지?

* 전유동 「미네르바의 올빼미」, 『관찰자로서의 숲』 2020.

크로키

너는 내가 될 뻔한 사람이다

어둠 속에서 우리는 생각에 잠긴다 나무를 베는 나무꾼과 나무를 쓰러뜨리는 두껍고 단단한 도끼의 날 그리고 우리의 미래 실업의 공포 이해와 오해 믿는 것과 믿지 않는 것

사실 이 세상에는 아무래도 상관없는 것투성이다

온종일 소리를 질러대던 한 사람과 그럴 수밖에 없었다고 하는 감정의 것 이미 벌어진 일에 대해

긴 장마가 지나고
문제가 있었다는 것을

1995년 여름

이놈의 집구석
넌더리가 난다고 했던 주말 오후에는
소면 삶고 신 김치 잘게 썰어
양념장에 비벼 먹었다

아무 일도 없었다
이불을 뒤집어쓰고 끝나기만
기다렸다
어머니가 울음을 터뜨렸고
나는 귀를 막았다

어머니는 멍든 눈으로
부서진 가구를 밖에 내놓고
금이 간 유리창에 셀로판테이프를 붙였다
출근하지 않고 틀어박혔다
문을 두드려도 기척이 없었다

나는 동급생들과 아파트 단지를 뛰어다녔다 자전거를 훔쳐 타고 슬프다 슬펐다 언덕을 오르내렸다 가장 먼 곳을 향

해 페달을 쉬지 않고 밟았다 옳다고 믿었던 건 옳지 않은 것뿐이었다

슬픈 마음이 안 슬픈 마음이 될 때까지
나는 슬플 때마다 슬프다고 말했다
여성복 점원이 엄마야? 하고 물을 때
누나예요 하고 답하면 어머니가 생긋 웃었다

강 너머에서 어느 일가족이 연탄가스 마시고 세상을 버렸다 세상은 반듯하게 누워 뭉그러졌다

화장품 가게에서 일하는 어머니도 한때는 무용수였다 나는 종종 무대에서 춤추는 어머니를 떠올렸다 어머니는 땀을 뻘뻘 흘리며 팔과 다리를 길게 뻗었고 박수와 함께 허공 속으로 사라졌다

나는 시시한 이야기를 지어낸 셈이다

*

잠든 어머니 가슴에 귀를 대고
가만히 숫자를 셌다

그해 여름
어머니는 지나치게 일을 많이 해서
이룬 게 거의 없었다

더미

1

수업을 빼먹었다는 이유로 너는 교실에서 뺨을 맞았다 담임이 출석부로 머리를 후려쳤다 네가 눈을 부라렸던 것 같은데, 학교가 끝나고 아파트 놀이터에 모여서 욕을 하고 피시방에 갔겠지 너는 친구가 많았고 그들을 사랑했었다

나는 방송실에서 국어 선생에게 맞았다 조금 우울해진 것뿐이었는데 내가 변했다고 했다 변했다고, 내게 잘못이 있다고 멍이 들 때까지 몽둥이를 휘둘렀다 어쩌면 내가 이상해진 게 아닐까

더는 아무것도 아니었다

*

너는 무섭다고 내게 전화했다 같은 층에 살던 중년 남성이 사망했고 며칠 전부터 복도에 고약한 냄새가 진동했었는데 그게 쓰레기 냄새인 줄 알았다고, 그 냄새가 잊히지 않는다고

한순간에 온 세상이 바뀌었다

이제 우리는 그 무엇도 정상이 아닌 곳에 있다 그런데 정상이란 뭘까 그것은 자꾸 우리를 몰아댄다 대체 어디로, 어디로

지하실에 몇십년 된 쓰레기들이 가득 쌓여 있대 사람들이 떠나면서 버렸대 쓸모없는 것들이 숲을 이룬 거지 농담이야 정신 차리자

*

사람들의 기분을 망치고 싶지 않았다
그랬을 것이다
너는
목소리가 잘 들리냐고
계속 물었다

2

그만 전화했으면 좋겠어 네가 말했다 나는 공중전화 수화기를 내려놓았다 불운이 닥쳤을 때 누구나 구원을 바라지만

나는 무엇을 잃어버린 걸까

식탁에서 밥을 먹으며 드라마를 본다 곧 끝날 것 같은데, 너와 마주 보고 있던 것 같은데 어디에 있지 난

몇편의 시와 미완성 원고 한뭉치

*

네가 쓴 책의 첫 장에는 이런 구절이 있다

이 세상에서 사라지고 싶은 사람을 애써 찾는 것은 옳은 일인가

*

뒤를 돌아보니 폭죽이 터지고 있었다 나는 고개를 들고 빛의 꼬리를 바라보았다

네가 살아 있을 거라고
아직은 살아 있을 거라고

문제와 문제의 문제

1

우리는 새로운 세계에 살고 있다

2

기술; 인간의 뇌와 컴퓨터를 연결하여 디지털 기기를 제어할 수 있고, 뇌와 뇌를 연결하여 인공지능에 대항할 수 있다

네가 언제 어디서든
내 생각을 읽을 수 있어 미래에는
전쟁이 일어나겠지

그렇지만
커뮤니케이션
끊이지 않는

3

회사에서 밤샘 작업하고

책상에 엎드려 쪽잠 잤던 일
자랑처럼
피곤에 찌든 얼굴
웃으며
이 세상이 멸망할 때까지
끝나지 않을 것이다
미래는

4
지난봄 스포츠 일간지에서 K의 사망 소식을 접했다
최우수상을 수상한 영화에서 냉소를 연기했던
그의 삶을 요약한 기사

노래하지 않는다면
나는 곧 잊히겠지

결코 만난 적 없지만
K,

고독과 죄는 등가물인가

5

굶어 죽지 않으려면
일해야 한다
남산타워 바라보며
매일 아침
담배 태우는 사무원에 대하여

6

사람 가득한 플랫폼
누군가 해코지할 것 같은
어딘가에서 큰 소리가 났고
검정 조끼 입은 사내 둘이
서둘러 그쪽으로 향했다
빨리 와, 빨리 와
빨리 오라고

소리치고

열차 멈춰 서고

심장

7

그는 알코올의존자였다

혼자 소주 한병을 다 비웠다 그사이 나는 내 잘못을 다 털어놓았다

그가 소주 한병을 더 시켰고 그것이 무엇이었든

이미 벌어진 일은 되돌릴 수 없다

얘기를 끝내고

배웅하며 그를 끌어안았고

그가 무사하길 진심으로 바랐고

그는 살아서 술 마시고

삶이란 게 참 묘한 거구나 중얼거렸다 그 말이 무슨 뜻인지 왠지 알 것 같았다

8

모두 한마음으로 힘들어하겠지

서로를 밀치며

다리도 너무 아파

삼십분밖에 안 걸린다는데

왜 이렇게 긴 걸까

9

얼마 안 남았는데 계단

소변이 너무 마려워

짐들 너한테 맡기고

홀로 널 남겨두고

화장실로 뛰어갔다

혼자 둬서 미안해

물을 너무 많이 마셔서 그래

넌 항상 그래

그렇게

변명하지

0

내일 아침 편지를 부칠까 해 주소 좀 적어줘 잘 자고

보낸다는 마음만 받을게 잘 지내고

계속 나아가지 않으면 고이기 마련이지

우리에게 다음이 있다면

얘기해줄게 꼭

세상의 끝에서

십년 넘게 회사에 몸담았던 직장 동료가 퇴사를 며칠 앞두고 이렇게 말했다
이제 뭘 할 수 있겠어 내가,

이십대 때였다
한 선배의 권유로 작은 단체에서 사무를 맡았다 해고 노동자의 복직을 촉구하는 집회를 주최했다
석달 정도 일했다
선배에게
시골에 계시는 어머니가 편찮으셔서 그만둬야겠다 거짓말하고
번듯한 회사에 이력서를 보냈다

월세로 보증금 까먹고
쫓겨났을 때였다
세간살이
차에 싣고 잘 곳을 찾아다녔다
이대로 내가 사라졌으면
바라기도 했다

옷걸이에 걸린 채로 뒷좌석에 쌓인 옷가지들 조수석에 놓인 빨간색 전기밥솥 트렁크에는 세간을 담은 두어개의 라면박스

아무것도 이룬 게 없다는 사실이

억울해서

핸들 붙잡고

마지막의 마지막까지

살아남겠다고

다짐했다

면접관들은 서류를 펼쳐놓고서

무언가 적는 듯했는데

선배에게

어머니가 편찮다는 건 거짓말이었다고

도망치고 싶었다고

아무것도 바뀌지 않을 것만 같아서

무서웠다고

모두
고백했더라면
나는

고용되었고
휴일에는 거의 늦잠을 잤다
슬픔은 없었다

이게 세상이라는 거야
좋지?

선배는 꿈꾸는 사람이었고
사는 게 별것 있냐며
거리에서 죽겠다는 사람이었다
사십여일 동안 단식을 하던 선배는 실신해 병원에 이송됐다

죽더라도 굶겠다는
선배에게

물 같은 미음을 먹게 한 것은
아직 오지 않은
세상

죽음 앞에서
절규하듯 시를 토해내는

저 시인은
무엇을 더 말해야 하나

살아남기로 다짐한 사람은
얼마나
작은가

코러스

옆자리에서 일하던 동료는 말수가 줄었고 어쩌다 말을 할 때면 작고 낮은 목소리였다 임대차 보증금 삼천만원을 빼면 아무것도 남지 않는다고 계속 일해야 한다고 했다 이직한 회사에서 점심을 거르고 바깥에 주저앉아 시간을 죽였다 그것은 그의 우울 때문이고 그의 잘못은 아니다 교외에 차를 세워두고 자갈밭에서 우린 아무 말 하지 않았고

아내는 곧 그만둘 것이다
얼마 동안은 막막하겠지

마트의 저녁은
유통기한이 임박한 유제품
풀 죽은 채소
노란빛의 마늘과 양배추

한끼 식사를 해결하고 나면

목을 조를 때
당하는 쪽도 해하는 쪽도

겁이 나서

숨 막히고
피가 돌지 않으면
그 짧은 시간 우린
아무것도 기억할 수 없다
한번쯤은 괜찮다고

고함지르며
낯선 사내와 몸싸움하던 아버지
외면했었다 나도 머리가 굵어지고
아버지 얼굴에 주먹을 휘둘렀을 때
그는 파산을 앞두고 있었다

양심 있는 지식인들은 노예제도가 여전히 계속되고 있다고 말한다 제대로 된 임금은커녕 마음대로 일을 포기할 수 없는 인간이 존재한다는 것이다

돈 버는 것에서

답을 찾으려고 했지만

삶의 모범이 없다는 건
몹시 슬픈 일이다

모든 걸 잃은 한 사람의 표정을 잊을 수 없다

누군가의 삶이 짓밟힐 때

자갈 구르는 소리가 났다

마카벨리전(傳)

1

그는 깃발에 적었다
당신이 아이들에게 물려준 혐오가 모두를 망친다*

2

몹시 추운 겨울 한 부랑자가
공중화장실 대변기에 앉아 잠들었다
다음 날 그 사람은 죽은 채 발견되었다

그는 그 사건의 최초 목격자였다
일종의 해프닝으로 치부할 수도 있겠지만
그날 맡은 지독한 냄새는
사라지지 않고 점점 짙어졌다

무엇도 존재하지 않았을 때
그야말로 완벽했을 때
삶도 죽음도 같고 책임 따위 없었을 때
피할 궁리는 하지 않았다

그는 사흘을 굶고
허겁지겁 빼다귀국을 퍼먹었다
두 손으로 뼈를 쥔 꼴이란!

카메라 앞에 선 소년들이
K-2 소총을 어깨에 메고 인상을 찌푸렸다

3
열람 가능한 문서에 따르면
한국 정부는 여덟번의 계엄령을 선포했다

사정이 여의치 않다, 어찌할 방도가 없다, 임금은 동결되고 몇 사람 솎아내고 질서가 유지되었다

어머니의 배가 조금씩 불러오기 시작했다
그는 이미 감옥이었다

교도관이 수감자들과 어머니를 몽둥이로 두들겨 팼다
그러나 그들은 살아남았다

4
인터뷰어가 녹음기를 끄고 숨을 크게 들이마셨다

혁명이 가능하다고 봅니까? 권력가들은 옳지 않았어요. 우리 가족과 마을 사람 모두 그들에게 발가벗겨졌죠. 우리에게는 집이 필요했어요.

그는 베란다 난간에 등을 기대고 섰다
사막은 모든 게 아름다울 거라고 생각했다
사이렌 소리가 가까워지고 있었다

그 일을 떠올리면
물속에 잠긴 네가 환하게 웃고

일을 그만두고 여행이라도 다녀오자 나의 실업을 증명하

고 차를 몰고 정처 없이 떠돌자 슬픔은 지겹지 않다 횡단보도 건너편에서 동료들이 손을 흔들고 있다

5

가난한 사람이든 가난하지 않은 사람이든 고난을 피할 순 없다 빈민가에서 자란 아이들은 철 지난 옷을 입고 놀이터에서 논다 흙을 잔뜩 묻히고 얼룩이 될 때까지 논다 그러다가 아무도 모르게 인생이 꼬이고 사랑을 하고 결국 시를 끄적이는 것이다

새 삶을 살고 싶다고 흥얼대는 취객처럼
그는 자기가 진짜라는 걸 증명하고 싶었다

광장에서 마이크를 잡았다
서서히 밝아지고

세상을 바꾸겠다, 얘기하면 좌중에서 웃음이 터졌다
그는 집에서 담배를 태웠고 문틈에 꽂힌 독촉장을 찢었다

일을 구하려고 애썼으나 실패했고 죽으려고 했으나 두려웠다 골방과 거리를 오가면서 확신했다

시간이 얼마 남지 않았다

6

1966년 10월, 흑표범당은 정당 강령을 발표했다.

요약하면 다음과 같다.

우리가 믿고 원하는 것: 자유, 완벽한 고용, 보금자리, 올바른 교육, 사랑, 비폭력, 인간 대접, 전쟁의 종말, 비옥한 땅과 음식, 도시의 정원

이것이 목표다.

7

병사들이 날카로운 창끝으로 옆구리를 찌르면

너는 아파서 울 거야

약에 취한 아버지는 실종되었고
가계부채가 늘어갔다
여동생이 46.5대 1의 경쟁률을 뚫고 9급 공무원이 됐다
어머니가 기뻐했다
살아 돌아오리라 약속했다

돌로 무덤을 세웠다 철근으로 콘크리트로 유리로 무덤을 세웠다 뼈로 살로 피로 무덤을 세웠다
무덤이 하늘 높이 솟았다
그것은 붕괴될 것이다

8
힘없는 자들이
입안에 독한 술을 털어 넣고
가장 아끼는 것을 박살 냈다

9

누구에게도 밝히지 않았지만
아버지는 부랑자였다

그는 정당한 보수를 받아본 적이 없었고
평생 일했다

결과가 어찌 됐건
그것은 왜곡되었다

형제들의 뒤통수는 하나같이
묵사발이 되었다

0

지난 태풍과 달리
이번 것은 별 피해 없이 지나갈 것이다

* The Hate U Give Little Infants Fucks Everyone.

제 2 부

이것도 사랑이라고
말할 수 있을까

이번 여름의 일

시베리아가 불타고 있다

모든 것이 끝나리라는 기대도 있었지만 다른 선택지가 없다는 걸 알았을 때 날려버린 시간을 만회하려고 애를 썼다

운이 나빴다고도 할 수 있다

며칠째 두통에 시달리는 너에게
괜찮아질 거라는 말만

잠을 청하며 슬픔에 잠기곤 했는데

어제 집계된 감염자 수와 두려움과 가난과 외로움

상황이 나아지지 않으면
우린 어떻게 되는 걸까

돈 버는 것보다 가치 있는 일이 있다고 믿었다 갓 서른을 넘겼을 뿐인데 다 늙어버린 것 같다 태어나고 싶지 않았다

고 너는

끝이 보이지 않는 바닥을 향해 가라앉는

이것은 모두 이번 여름의 일

기대하지 않는 사람은 이 세상과 얼마나 멀어진 걸까

폭우가 계속되는 계절

고양이들은 어디서 비를 피하는 걸까

컨베이어

자유로에서 파주 출판도시로 빠져나갈 때
우리가 벌써 삼십대가 되었고
변하지 않은 것은 과거뿐이라는 걸 알았다

친구를 태우고
식당에서 만둣국을 먹는 동안
시답지 않은 농담을 주고받았다
어느새
바닥이 보였다

필로티 주차장에
차를 세워두고
그게 무엇이었든
영원하길 바라던 때는
지났다

대기 발령 중인 친구는
잠이 오지 않는다며 물류센터에 나가 일했다
거대한 컨베이어 벨트 앞에

서서
물건들을 분류했다

나는 곧 잘릴 것이다
해야 할 일을 완수하지 못했기 때문에

사라질 것이다
더이상 슬픔은 없다

그동안 무얼 했는데?

사실 저는 일 말고 다른 것을 좋아했습니다.

무대에 선 친구가 기타를 치며 노래했다

유명해지거나
가난해지거나
우리에겐 선택지가 없네
너희는 처음부터 알고 있었겠지

하루 열여섯시간
여섯명의 몫을 하기에 우리는
벌써 늙어버렸네

일하고
일하고
사랑을 하고
끝끝내
살아간다는 것을
들것에 실려 나가기 전에

알고 있었던 것
비정규직의 정규직 전환을 반대하는 건 정규직이라는 사실 하고 싶지 않은 일은 보상이 적다는 사실 한번 일자리를 잃은 이는 계속해서 자리를 잃게 될 거라는 사실

아스팔트에 쓰러진 운전자와 찌그러진 범퍼 앞에서 전화하는 운전자와 옆으로 누운 오토바이를 피해 서행하는 운전자

혼자 남은 나에게
혼자 남은 너에게

산 자의 얼굴을 들여다보며

아무것도 하지 않은 것에 대하여

나는

2010년대에게

우리는 한배를 탔었다 갑판을 어슬렁거리다
술 마시고 노래하는
등산 동호회 무리 사이에 껴
손뼉 쳤다

너 때문이 아니야
셀 수 없이 싸웠고 매해 여름
섬에 갔다
변하지 않은 마음은 없고 변하지 않으려는
마음만 있었다

차마 찢어버릴 수 없다
함께 찍은 사진을
폐건전지 함에 넣었다
뒤늦게

널 사랑했어 지겹도록
키즈존에서 뛰노는
다람쥐 같은 아이들

빙글빙글
너에 대해 아는 게 거의 없어서
최선을 다해 나에 대해 늘어놓았다

이상하지 어디서 끝낼지 모르겠다 이상하지 어디서 시작한지 모르겠다

넌 삶을 이어가기 위해 무슨 일을 해?
난 사진을 찍어
사랑하고 또 사랑하는 건 좀 별로다 넌 사랑받고 또 사랑받으며

올림픽대로를 건널 때마다
『새로운 날』 열한번째 트랙
"사람은 사람을 말해야 하지 않겠소"*

그의 처음이자 마지막이 된 필름 카메라는 중고나라에서 직거래한 캐논사의 EOS 5였다
「주식회사 한국유리공업」은 군산 공장 뒤편 흙 운동장, 쉬

는 시간 공을 쫓던, 파키스탄 사람의 딸을 촬영한 것이다 소녀는 버려진 플라스틱 미끄럼틀을 타며 웃고 있다

죽고 싶은 기분과
살고 싶은 기분은 어디서 와
어디로 가는 걸까

회고전에서 마주한 그의 유작 「세 친구」는 '미(美)'란 무엇인가를 묻는다 그는 그것을 추구하고자 태어난 것이다 믿었고 시력을 잃기 전까지 뷰파인더에 눈을 가져다 댔다

골목 모퉁이
나무 의자에 앉아 담배를 태우는 노인이 그다
동틀 무렵 돼서야 잠을 청하는 이선자씨의 외동아들, 방안에 틀어박혀 악몽을 꾸는 양재원씨의 장남, 울음을 그치지 않는 차영애씨의 외손자가 세 친구고
더럽고 비좁은 집, 조악한 일자리 환경
그리고 정크푸드가 그 시절이다

가만있으라.

가파른 연봉 인상이 두려운 자본가들과
우리가 버리고
우리를 움직이게 하는
끝나버린 문제에 매달리는

사회가 비로소 분열되기 시작했다

* 권나무 「깃발」, 『새로운 날』 2019.

몇가지 요구

폭력배가 두려우면 거리에 나오지 말라 공표하다. 바다에서 발견된 익사체는 며칠 전 실종된 사람으로 추정되다.

깨어 있어라
아니면 우리의 다음이 될 것이다*

*홍콩이공대학(香港理工大学) 한쪽 벽:
BE AWARE or BE NEXT!

(함부로 판단하거나
노래해선 안 될 노릇 나는
홍콩에 간 적도
홍콩 사람들과 대화한 적도
홍콩의 속사정도
그러나
사람이 사람을 죽이는 것은
잘못되었다 무엇이
군인에게 죽일
권리를 주는가

안다
내가 믿는 것 모두
허상일지도
안다
네 잘못이 아니라는 걸
얘야,
그냥 생긴 대로 살아도
괜찮단다)

귀하는 본국의 치안에 기여한 바가 크므로 이 상을 드립니다
손뼉, 손뼉들

평화시장 앞길
온몸에 휘발유 끼얹은 스물두살 재단사가
불이 되어
외친 말

달리 얘기하면 나를 미워한다는 건

일종의 신앙이었다

술 취한 선배는
유리잔을 비우고
야, 너 그렇게 살지 마
소리쳤다

점점 사라질 것이다 나는
나를 의심하지 않을 수 없어서
아침에 세알
취침 전 일곱알

우울하기 때문에
그것은 잘못처럼 아름답다

우리는 적당히 취할 수 있는
합정역 뒤편
그리운 금강산에서 한잔했다

얼마나 나쁘고 엉망인지에 대해
주저리주저리 떠들어대고
폭우가 몰아치고
경계를 넘나들고

오랜만에 길에서 만난 사람을 못 본 척 지나쳤다 그와 눈이 마주쳤을 때 나는 어떤 표정을 짓고 있었을까

맨날 아무것도 안 하고 집에서 잠만 자니까
오늘 뭐 해
오늘 뭐 할 거야
내일 뭐 해
더이상 묻지 마
모르겠지 너는

어느 여대 교수가 술자리에서 얘기한 내용을 간추린 것이다
너희가 하는 거 다 의미 없어
해봤자 헛수고라고

딱하기도 하지

종착역이 뒤덮여 있었다
구름 속처럼
안개로

십자가 네온사인 희미하고
나란히 걷는 세 사람의 뒷모습 희미하고
세상이 희미하고
꿈만 같아서
선명한 건
바닥에 나뒹구는 낙엽 담배꽁초 가로수 갈라진 뒤꿈치 상자로 집을 짓는 웅크리고 웅크리다 공이 되어버린 사람들 비상등을 켜고 서행하는 자동차들

아무것도
보이지 않아

가만 서서

이렇게 희미하다면

포스트 포스트 펑크

그때 우리가 벌인 일은 죗값을 치러야 마땅했다
자전거 타이어에 공예 칼을 쑤셔 넣고 도망친
가게 화장실 거울을 깨뜨리고 쏟아지는
새벽
밤
주공아파트 주차장
일렬로 늘어선 자동차들 보닛 위를
쿵, 쿵, 쿵
점프하고
여기까지 오는 데 너무 오래 걸렸다 우리에게 필요한 것은
사람의 체온, 혼자가 아니다, 쓸모없지 않다
여기게 하는 무엇
포스트
포스트
펑크, 질투와 분개는 힘이었으나
그것은
초고층 빌딩으로 가득한 도시계획
철근과 콘크리트
권총에도 끄떡없는

강화유리

우리 인생이 우리 주변을

다 망쳐버렸다고, 불빛, 하루치 전기 요금

주상 복합이 들어설

생태 공원 앞

오해야, 오해 추락하는

우리는

동시대 문학

얼룩; 잊히고
사라지는 건 우리다

네가 살아 있는지만 확인하고 싶었어 우리 십오년이나 알고 지냈는데 네 주변 사람들 종종 만났는데 그 사람들 연락처가 저장되어 있지 않아서 네 전 애인한테 전화해서 물어봤어 다시 만난다고 하더라
어제저녁까진 살아 있었던 거구나

너한테 무슨 일이 생겼냐고
혹시 받을 돈이 있는 거냐고 물어서
별일 없다고 우리
아무것도 아니라고
고객님이 전화를 받지 않아
삐 소리 이후

허무맹랑하지
네 노래를 큰 소리로 따라 부르고
끊임없이 누군가와 통화하길 바랐고

불안
그건 어디서 오는 걸까
달라질 여지
그건 어디서 얻는 걸까

공항철도를 타고 집으로 가는 내내
펑펑 울고
많은 시간이 흘렀는데

왜 나는 변하지 않았을까
제자리, 제자리에서
뛰다가 지쳐서
세상이 무너지는 거 같았어

그만두길 잘했어 요새는 거의 열한시 정도면 잠자리에 들어 매일 아침 애인을 회사에 데려다주고 헬스클럽에 가서 운동을 해 앞으로도 계속할 거야 몸이 탄탄해졌으면 좋겠어 사랑받고 싶거든

한번 집을 떠난 사람은
다신 돌아갈 수 없다
네게 아무것도 줄 수 없다는 걸
너도 잘 알고 있다

잘못; 그가 죽어버렸으면 했다
너는 나와 대화할 때 매번 당황한다
나는 초점을 흐리고
마음대로 비약하고
나를 숨기고
불을 끄고
문을 쾅 닫는다
허무하기 때문에

운전할 때 안경을 쓰는 건
표지판이 보이지 않아서
도로를 건너는 야생동물도
길 잃은

버림받은
길들여진
동물도 사람도

나는 딱 한번 도로에 뛰어든 적이 있다 자전거를 타고 전속력으로 누떼처럼 돌진하는 자동차들을 향해 멈추지 않으려 했다
페달을 밟는 것을
그때 문득
십이개월 할부로 산
가성비가 뛰어나다고 소문난
카본 소재 로드 바이크는 아직 할부가 삼개월 남았는데
산산이 부서지겠지

강남역 사거리 CCTV 철탑
해고 노동자가 올라가 있다
젊음을 다 바쳤고 그는
이미 정년이 지났지만
가족은 뿔뿔이 흩어졌다

우리는 그 아래에서 「이후」를 불렀고 노래하는 중에 네 마이크가 고장나서

나는 네 입에 내 마이크를 가져다 댔다 마이크는 자꾸 붕붕거리는 소리를 냈고 너는

바닥에 앉아 촛불을 든

고개를 들어 철탑을 바라보고 있는

스무명쯤 되는 사람들 사이

사람의 목소리로

힘껏 노래하고 기타를 쳤다

의미가 있을까

우리

물음을 품고

네가 불행해지면 나도 불행해질 거야

사람이 사람을 죽이고 강한 이가 약한 이를 강간하고 죽여서 바다에 던져버리고 사람이 사람을

어찌 그리 침묵할 수 있는가

모든 게 다 괜찮다 말하지 마

성공; 한강이 보이는 아파트에 살고 포르쉐 911을 몰고,
더는 노래하지 않겠지

가난, 우울, 질투, 증오……
이것도 사랑이라고 말할 수 있을까

산책로를 따라 걷는 두 사람
모든 것이 참을 수 없는 지경에 이르렀다

생활

아픈 사람이 많아서
오래 기다려야 했다 진료실 바깥에서
환자들 서로 힐끔거리며

누구의 잘못도 아니라고 말하는 사람은
믿음이 안 간다

언젠가 내 곁을 떠나더라도
경건히

벌써 몇해가 흘렀다

혈액형

빅토르 초이(Виктор Робертович Цой, 1962~90)의 미발표작 「그렇소 또는 아니오」(Да или Нет)의 전문은 이러하다•

죽음이 음악보다 감상적인가? Нет
죽음이 영화보다 감동적인가? Нет
죽음이 게임보다 재미있는가? Нет
죽음이 과학보다 유익하거나 논리적인가? Нет
죽음이 파업하는 노동자를 틀리다고 가르치고, 동성과 동성의 혼인을 유보해놓고 무의미로 우릴 이끄는가? Да
죽음이 무방비 상태로 노출된 여성의 집에 침입하여 마구 폭행한 자를 두둔하는가? Да
죽음이 병역과 집총을 거부한 이를 불명에 전역으로 낙인찍는가? Да
죽음이 불의와 맞선 계절을 해프닝으로 끝내는가? Да

죽음은 무엇인가 도대체
죽음이란 무엇인가?

•초이의 먼 친척

그의 형제 나는

그가 세상을 떠난 해

낮에는 웃고

밤에는 숙면을 취했다

레닌그라드에서 태어난

푸른 눈이

“나는 왜 침묵을 지키고

고함을 지르지 않는 걸까?”••

노래할 때

입에 넣을 수 있는 건

죄다

내 것이었다

••엘렉트리치카(Электричка)

9334킬로미터

세계에서 가장 긴

횡단

House no. 37의 벽
검은색 키릴문자
오늘 초이가 죽었다(Сегодня погиб Виктор Цой)
그 아래
검은색 키릴문자
초이는 살아 있다(Цой жив!)

아무도 믿지 않는
믿고 싶지 않은

죽음은 무엇인가 도대체
죽음이란 무엇인가?

늪지의 개들

실직하고 천만원만 있으면
일년은 아무 걱정 없이 살 수 있겠다
세상 물정 몰라도
아무렴
생활은 돈으로 되는 게 아니다

어디에서건 돈 얘기를 늘어놓았다
돼지껍데기가 까맣게 타는 줄도 모르고,
차 안에서 시티 앤 컬러의 「애스트로넛」을 들으며 성공한 친구들의 근황을 물었고
돈 되는 음악 돈 되는 예술을 논했고
가장 사랑하는 사람에게 소홀해졌다

월출산까지 여섯시간이 걸렸다
첫 곡을 마친 친구의 첫마디는 "저는 개와 떡을 좋아합니다 개떡 같은 세상도요"였다
한낮의 버스킹은 성공적이었다

고속도로 휴게소에 들러 배팅볼을 쳤다 우리는 2004년에

은퇴한, 배트를 이리저리 돌리며 아시아 선수권 대회에서 만루 홈런을 쳐낸 스타 선수의 타격 자세를 흉내 냈다 간신히 몇개 맞혔지만 뻗어나간 공은 없었다

오가는 데 사례비 삼십만원을 다 썼고
모자란 돈은 얼마씩 보탰다

전세로 얻은 다섯평짜리 주거용 오피스텔 계약이 한달 남았다 이년 전 이 동네는 큰길 따라 공사가 한창이었다 공사장 옆을 걷다가 녹슨 못이 운동화 밑창을 뚫고 뒤꿈치에 박혔을 땐 주저앉아 펑펑 울었다

내가 자격 없는 사람이란 걸
은행 대출을 알아보고 나서 알았다

*

(가) 예식장 계약서 사본 혹은 비용 영수증 혹은 청첩장

(나) 혼인 관계 증명서

※ 예비부부는 (가) 중 택 1 제출

*

우리의 시작

새롭게 출발하는 자리

참석하여 축복해주시면

더없는 기쁨으로 간직하겠습니다

×××, ×××의 아들

×××

×××, ×××의 딸

×××

2020년 2월 2일 오후 2시

경기도 파주시 탄현면 얼음실로 40

경기 영어마을 파주캠프

*

“여쭤볼 게 있는데요… 결혼 자금 대출이요… 혼인신고 꼭 해야 하나요… 저희가… 당장… 혼인신고할 여력이 없어서요… 청첩장은 첨부해서 보냈는데요… 아, 근데 혹시… 지금 녹음되고 있나요?”

*

미래의 파주

턱시도 입은 신랑과 순백의 신부
코가 빨개진 아버지
어머니 기침을 참고
하객들;
요새 결혼식은 삼십분이면 끝나요
조금만 참읍시다
장인어른 손이 차고

어머님 손이 차고
어린 조카가 울음을 터뜨렸다

*

“이 좁고 우스운 땅 위에
내려오지 마 네 작은 날개를
쉬게 할 곳은 없어”*

*

들려?
계기판에서 이상한 소리가 나
똑
똑똑
우리는 꽉 막힌 도로에서 소변을 참고 있었다

“너희 진짜 결혼해?” 하고 물은 친구가 “어쨌든 나는 네가 잘하는 걸 했으면 좋겠어”라고 덧붙였다

어림없는 일
길을 한번 잘못 들 뻔했지만

너도나도
알고 있었다

* 이상은 「새」, 『공무도하가』 1995.

살과 뼈

콩 심는 사람

늙은 농부가 온 생을 농약 치다 병 걸려 마루에 누워 있다
요양원 버스 기다리다 변을 지린 줄도 모르고 깜빡 잠들었다가
혼자 수돗가에 쪼그려 앉아 빨래를 한다

어제저녁 셋째 딸 내외가 마당에 두고 간 산호수를
뿌리째 뽑아 내팽개친다 논두렁에

사과나무는 모두 베었다
새벽녘에 나가 해 지면 트랙터 라이트를 켜고 늦게까지 일하던 때가 있었다

땡볕 아래 농부들
줄지어 서 있다

허리춤에 찬 주머니
콩 가득하다

벽이 있던 자리

마흔이 되던 해에 회사를 그만두고 고용센터 민원 대기실에 앉아 손에 쥔 번호가 불리길 기다리는 선배에게 지나온 삶은 행복이었을까 절망이었을까

우리는 어디서 무엇이 되어 다시 만날까

크래커

인간은 왜 죽을힘을 다해 일하는 걸까

함께 일했던 동료 두명은 쓸모없다는 이유로 해고당했다

대체할 수 있는 것들

포개져 있는

무해한 사람들

오래된 일

장어 머리에 송곳을 박아 도마 위에 고정하고 칼로 등에서 꼬리까지 갈랐다 내장을 꺼내고 뼈를 발랐다
산 것의 숨을 끊는 건
아무나 할 수 있는 일이 아니라고
매일 살아 있는 장어를 손질하는 주방장은 꿈에서도 장어를 손질한다며 가끔은
내가 장어가 되기도 하고
잡아먹히기도 한다며

나는 손을 베였고
하얀 플라스틱 도마 위로 피가 뚝뚝 떨어졌다

청소년기 1

엄마가 일본인이라는 소문이 돌았던 같은 반 남자애가 내 바지 속에 손을 넣어 성기를 주물렀다 그애는 나를 노려보며 소리 내지 말라고 으름장을 놓았다

청소년기 2

놀이터 그네에 앉아 담배를 태우던 친구는 유리 공장에 취직했다 그의 아버지는 공장 노동자였다 우리는 가는 길이 달랐다

졸업식을 앞두고 그는 아버지 차를 몰래 끌고 나왔다 나는 조수석에 앉아 대시보드에 발을 올리고 창문을 끝까지 내렸다 우리는 숲길을 달렸다 계속해서 달렸다

Fight the Power

“대부분 문제가 될 때까지 신경을 쓰지 않으니까요. 2020년대에는 모든 게 소수자에게 불리했어요. 특히 가난한 소수자들에게요.”

1981~2020

영혼과 영혼이 이어져 있다고 믿으면
유령의 말을 받아 적을 수 있다

나무가 된 사람

형은 노력해서 무언가 되고자 했다

소중한 것을 앞에 두고

당장 필요한 것은 돈이었다

형이 살아 있는 동안에 쓴 시는 모두 미완성이었다

진북

내가 나기 전 할아버지가
세상에 남긴
마지막 말
재슥아 변소에 가야 쓰겄다

아버지 제대하고
보름 되던 날
아버지는 아버지를 일으켜 세웠으나

칠남매 중 여섯째인 재슥이는
아버지에 관해 물을 적에
아는 게 별로 없었더랬다

왼손 엄지와 검지 사이
한국전쟁 때 입은 총상이 있고

은행 보안관으로 일하다
정년 맞고 며칠 뒤
선산에 묻혔다

부지깽이로 숱하게 때린 건
농땡이를 피운 탓이고

집 안의 온갖 책
마당에 불태운 건
첫째와 둘째가
학업에 소홀한 탓이며

불 연기가 고약해서
칠남매는 벌벌 떨었다

방학마다 여섯째가
시골에 갔다 입 하나
줄어든 셈이었다

소여물 주고
돼지 똥 치우며
굶지 않아 좋았다

자식들 굶게 하는 건
견딜 수 없었고

닭 한마리 고아
기름 둥둥 뜬 국을
일주일 나눠 먹었다

다른 생각은
할 수 없었다 봉급생활자
삶이 끝나자 모두
끝이 났다

조선 팔도 어디에서든
다치지 않고
돈 많이 벌게 해주시오

기도하는 아버지의
어머니 영정 사진 앞에

앉아 있고
세월이 가물가물

나는 서른이 되었다

Love in a Mist

말한 것과 말하지 않은 것
내가 짊어진 것과
자초한 것

할 수 있다
할 수 있다는 말을 듣는 것도
더는

나무가 늙고 있다
나무가 나이 들고 있다

계단에 앉아

컵라면 먹는 정오
바람이 분다
삼삼오오
점심 먹으러 나온 사람들

여보세요?

차 좀 빼주세요

이십년 전 그날
함께 살았던 그 방에서
너는 내가 잠들길 기다리고
나는 네가 사라진 줄도 모르고 잠이 든다

간이 분향소가 국회의사당역 3번 출구 앞에 마련되었다
천막 아래
비닐로 쌓아 만든 제단과
종이컵에 꽂힌 양초
생활고
목숨

모든 게 투명하다면 누구도 지배당하지 않았을 것이다 어제는 비참했고

모든 자유에는 한계가 있다고 말하는
라디오 사회자

비가 그치고
매미가 운다
몸이 텅 빌 때까지
운다

나만 괜찮으면 정말 괜찮은 걸까

잠에서 깬 너는
꿈에서 계속 넘어졌다고
한발
두발
계속해서 넘어졌다고

등을 두드리고 팔을 쓰다듬으며
다 잘될 거라고

이번 생은 전생 같다

저 멀리 기다리고 있다

천개의 몸
천개의 죽음

나는 휴가가 남지 않았네

모든 걸 다 해내고
잠들 수 있었을 텐데

죽은 사람은 옆에 있을 때보다 더 다정했다

다음 페이지
이쪽과 저쪽 사이

담쟁이덩굴이 벽을 휘감고 있다 작은 창문으로 마당을 살피던 마음과 밥을 지으며 흥얼거리던 노래

웃자란 풀이 빈집을 감싸고 나는

깨진 창문

이제는 사라진

열개의 귀

1. 도시

인터넷으로 산 소가죽 가방은 알고 보니 인조가죽으로 만든 거였다

태어나고 죽는 생물들
애도하는 사람들
사촌에겐 미안한 마음이다

행복해지는 건 다른 문제일 것이다
저축은 즐겁지만 그럭저럭
마흔이 될 것이다

2. 잠언

한때는 부모보다 더 나은 사람이 되려 했으나 부모만큼 하고 사는 게 얼마나 힘든 일인지 아는 나이가 되었다

3. 마태오의 말

마음에서 나오는 건 살인, 간음, 음란, 도둑질, 거짓 증언, 모독과 같은 여러가지 악한 생각들이다

4. 삼대

조부는 한국전쟁에서 총상을 입고 상이군인으로 전역하여 이리 농협에 취직했다 정년에 이르렀지만 남긴 재산이 하나 없었다
여든이 넘은 조모는 십대 때부터 밭에서 상추와 고추 등을 따다 시장에 내다 팔았다 일곱 자식 중 셋을 대학에 보냈고 모두 결혼하여 자식을 낳았는데

바빠서 왕래가 뜸하다

5. 세기말

아주 어릴 때부터 내가
크게 한번 사고를 칠 거라는 걸 알았다
다섯살 땐 블록이 목구멍에 걸려 죽을 뻔했다

가난하고 재능 있는 소년들은
거리에서 어슬렁거리다 뼈를 부러뜨리고
깁스한 팔을 자랑했다

나는 항상 뛰어다녔지만
뼈가 부러지는 일은 없었고

아스팔트에 무릎이 쓸리고
새 옷에 구멍이 나는 정도였다

6. 물류 창고

재고 조사 때였다
상자에서 육포 하나를 슬쩍해 입에 쑤셔 넣었다 침이 줄줄 흐르는데
바깥에서 발소리
나는 입안의 것을 통째로 꺼내 작업복 주머니에 넣었다 그것은 마치 갓 태어난 짐승 같았다
소리가 멎고
창고 문을 등진 채
먼지 묻은 걸 씹어 삼켰다

7. 드라마

그는 시를 끄적이다 자기 인생을 망친다
이제 난 하고 싶은 게 없네
노동이란 무엇인가

우리 함께 살아도 될 정도로 공통점과 차이점이 많았다
내가 너와 다르다 말할 때 나는 네가 될 수 없다는 게 슬펐다

시 쓰는 거 말고
다른 일을 생각하고 있어

더는 괴롭지 않을 거야

8. 오웰의 말

돼지에서 인간으로, 인간에서 돼지로, 다시 돼지에서 인간으로 시선을 옮겼지만 이 둘을 구별하기란 이미 불가능했다

우리의 새로운 슬로건은 다음과 같다

전쟁은 전쟁
자유는 자유
무지는 무지

9. 가족 서사

과오는 바로잡을 수 없고
시를 쉽게 쓰는 건
부끄러운 일이다 그러나

아버지에 대해 쓰지 않으면 그가
이 세상에 존재했다는 사실을
잊어버릴 것만 같다

한해 강에서 발견되는
수백구의 사체

대교 인근 모래사장에서
수영하던 때가 있었다

돌아오는 목요일엔 의사가 배를 가르고
울음을 터뜨리는 핏덩어리

만회할 수 있다면
가능성은 어머니께

0. 흑백

쓴 것과 쓰지 않은 것이 대화한다면 사랑하다 이별할 것이다

제 3 부

우리는 죽지 말자
제발 살아 있자

도시 한가운데

복도
여러개의 방
마주 보는
그보다 더 많은
층층
비스름한 얼굴
문 앞에 내놓은
쓰레기봉투
며칠째
고약한 냄새 진동하는
누군가 마주치면
몸을 틀어
비켜야 하는
무보증 원룸
이 세계가 무너지면
우리는 어디로 가야 할까
철탑에 오를 때는
죽을 각오를 해야 한다
신원 불명의 사내가

공사판에서 일하다
다리를 다쳤고
몇달째 공치고 있었다
그러다 바닥과
하나가 되었다
빈방의 물건
정리되는 동안 나머지
문구멍의 눈들이
들것에 실린 사내를
지켜보고 있었다
좁고 긴
복도 끝
한줄기
빛

서사

매일 아침
출근하는 내내
문답을 되풀이하는 뜻밖의
일 끝나지 않을
미래 숨죽인 밥솥의
방 기울고 있는
우리

2020년대에 먹고사는 건 1980년대에 노동자로 사는 것과
다르다 해도 자본가의 지배는 계속되고 있고

공공연한 사실
첫울음을 터뜨린 생이
고생만 하다
끝날 수 있다

서른이 된 어머니는 알약을 삼키지 못하는 아이 때문에
회사에 늦었고 거리에서 아이를 크게 혼냈다

편도에 가로막힌
그것은 좀체 사라지지 않고

너는 별걸 다 기억하는구나
수화기에서 들리는
예순이 된 어머니 목소리
이제 사는 게 지쳤어

어머니는 노동이 신처럼 군림하던 시대에 여성으로 태어났고 약간의 돈이 필요했을 뿐인데

나는 사년 동안 네번 이직하며 봉급과 실업급여를 탕진했고 작업에 몰두했다

그것은 교환가치가 적으며(몇몇은 노동자가 평생 일해도 닿을 수 없는 부를 축적하기도 했지만) 대다수의 작업은 소리 소문 없었고

너는 퇴근하고
에그인헬을 요리했다
토마토수프가 팔팔 끓자

달걀 두알을 깨 넣었다

내가 태어나고 얼마 후
아버지는 정관을 묶었다 어느 날
아버지가 술에 취해 한 말
너랑 엄마가 백마강 한가운데 허우적대고 있으면 엄마부터 구할 거야

그날 밤 나는
케첩을 얼굴에 잔뜩 묻히고
현관 앞에 누워 꼼짝하지 않았다
문을 연 어머니
주저앉아 엉엉 울었다

심각한 상황일 때
저는 웃음을 참을 수가 없습니다
웃고 나면
부지런히 일하라
그래도 나를 만나지는 못하리라

우리가 손으로 빚는 미지들
뜨거운 가마 속
안간힘을 다하는 미지들
단지 운이 나빴을 뿐이라고

우리는 왜 불운을 타고났을까

내 부모는 말년까지 노래연습장 주인이었고 「음악산업진흥에 관한 법률」 제22조 제3항을 위반했다는 이유로 몇차례 영업정지 처분을 받았다

등록금을 비롯해 뭉칫돈이 필요할 때마다 부모에게 말했고 그들을 멀리했다

새벽 세시 넘어 계산대 지키는
가게 문 열고 매장 바닥 닦는
거래처에 전화해 과자와 음료수 값을 흥정하는
고장난 기계 앞에서 어쩔 줄 모르는

술 취한 손님을 묵묵히 견디는
부모의 걱정
끼니를 거를까봐 내가
돈을 모으지 못할까봐

끝나지 않을
되풀이되는
서사

파수

무슨 얘길 했더라 우리
하려던 게 뭐였지?

세상이 우릴 집어삼키더라도 아마

네가 슬퍼할 때
공감하고 싶었지만
부족한 거 같아 나는

크리스마스이브였고 좋은 사람이 되려 할수록 안 좋은 사람이 되었다

감당할 수 없는 일이
감당할 수 있는 일보다 많아서
모두
우스꽝스럽고

*

청년이고 중소기업에 다니고
일년 소득이 기준치보다 낮고 이자는
꼬박꼬박 낼 수 있다 증명하기 위해
연차휴가 두번 내고 서너번
점심 거르고 은행에 갔었다

돌려받을 보증금, 사회생활 시작하고 모은 돈 얼마, 아버지에게 빌린 오백만원, 어머님이 마이너스 통장에서 꺼내준 이백사십만원 등으로 1994년 완공한 아파트 전세 잔금을 치렀다

*

거리를 뒤덮었던 눈이
모두 녹았다
눈부신 아스팔트 도로

원래 있었으나
사라진
영혼 같은 것, 혼령 같은 것

사람들은 내가
인생을 던져버렸다고 오해했다
이룰 게 없는 나이였는데

첫번째 삶이 망하는 건
흔한 일이고
두번째 삶은 다를 거라는 징조다

*

네가 있을 것이다 내가 있을 것이다 문 열면
잘못과 자꾸 짓궂은 농담이었다고 하는

제대로 살고 있음

고층 빌딩 유리문 앞
새 한마리 날개 접고
떨고 있었다 새도
추위를 타는구나 눈 감고
죽어가는 새
사람이 아플 때처럼
누구야 하고 불러야 할 텐데
사람들 유리문 앞
새를 피해
각자 일을 봤다

우리는 죽지 말자 제발
살아 있자
폴리에스터 충전재를 거위 털로 속이고
야 진짜 따듯하지 않냐, 웃으며

그리고리 야코블레비치 페렐만(Григóрий Яковлевич Перельмáн, 1966~); 과학자가 자연을 연구하는 이유는 쓸모 있기 때문이 아니라 아름답기 때문이다. 만약 자연이 연구할 가치가 없다면 우리 인생 또한 가치가 없을 것이다.

어머니는 세번
아이를 지웠다고 내가
스무살이 될 무렵
고백했다
감사한 일이지
네가 태어난 건
도무지 이해할 수 없었다
나는

철도 파업이 닷새 만에 철회되었다
며칠 전 어느 일간지 헤드라인은
「철도 파업에 수험생들 '발 동동'」이었다

인간 대 인간으로 조언 하나 할게
너무 자만하면 안 돼
위에서 일거수일투족을 지켜볼 거야
조심히 행동해야 해

엄마, 새해 복 많이 받아
꼭 성공해서 보답할게

요새 애들은 뭔 할 말이 그리 많으냐, 자고로 시는 함축적이어야 한다 말한 교수에게
우리는 장황하게 말할 것이다 계속
여러명의 목소리로 떠드는 걸
멈추지 않을 것이다
산과 바다, 인간이 파괴한 자연, 인간이 파괴한 인간, 우수한 여백과 무수한 여백

나이가 들면 어린 사람 말은 듣지 않겠지 면전에서 조소하겠지 그리고 모든 걸 알게 되겠지 허무하다 여겼던 모든 것 아름다워서 빼앗기지 않으려고 안간힘을 쓰겠지

자리가 사람을 만든다는 말은
자리가 괴물을 만든다는 말로
수정돼야 할 것이다

사람들에게 돈을 줘라

어려 보이는 게 말버릇이 고약하구나
너 같은 아들이 있어 나도
너 같은 아버지가 있어

설마
아닐 거야

오전 9시 20분 전주행 고속버스는
오전 9시 19분에 떠났고 나는
곡행하는 버스 후미를 쫓았다

푯값의 삼십 퍼센트를 물어야 했고
일분 일찍 출발한 건
따져 물어도
달라질 게 없었다

사랑과 미래

세상 알 수 없다 아는 것보다
모르는 것 더 많고 그보다 더 많은
사람 죽고 있다 원래
그런 게야 대수롭지 않은 일

팔십팔세 한남례씨 고관절 대체 수술 받고
끙끙 앓고 있다 어머니 소변이 마려우시면
기저귀에다 누셔요 고모는 병원 입구에 서서
오가는 앰뷸런스의 수를 센다 저이는
가망이 없을 게다 여기 있다 보면
알 수 있다

손목을 긋거나 수면제 따위를 과다 복용하는 짓은 언젠가
성공하겠지만

동생
울음을 터뜨린다 울고 싶은 사람은 난데
왜 그러니 길바닥에서
동생 머리카락 쓰다듬으며

괜찮을 거야 할머니는
오래 사셨잖니 네가 오래 살아서
이 세상의 끝을 기억했으면 좋겠다
나 혼자 갈게

인파 속으로
사라진 사람에게 닥칠
예기치 않은 일 모두
대수롭지 않으니

속으로는 실패하길 바라는 것 같다
한마디 거들려고
그 정도쯤이야 아무렇지 않은 것 같다

버스를 향해 뛰는 한 사람과
눈이 마주쳤다 나는 뒷자리에 앉아
책을 읽을 참이었는데 버스가
멈추지 않고
사람들이 죽어가요

가끔 이해할 수 없는 행동을 한 건
외로웠기 때문이다

내가 하고 싶은 얘기만 하다
왔어 너무 불쌍하다 우린 왜
잘 살면 안 돼?

동생이 개미를 눌러 죽이는 걸
지켜보았다 순식간에
벌어진 일이었다

기도

1

푸드덕푸드덕
쇠박새가
솟아날 구멍이 없을 텐데
아파트 베란다 빨랫대에
까만 눈으로
앉아 있다 우리는
쉬지 않고 일했지만
이 아파트는 일년 사이
전세금이 두배가 올랐다 쇠박새는
창문에
머리를 박아대고
여름이 지나고 밤처럼
까만 눈으로
먹고살 궁리를 하다
세상에
구름 한점
없이
앉아 있다

2

토할 거 같아

사랑해

기도하듯

무릎 꿇고

구역질하는

퇴근길 — 멀미가 나서

중간에 내렸어 — 버스를 보내고

사거리에 서

신호를 기다리다

깜빡

잠들었다 뒤차 경적에

깜빡

액셀을 밟았다

불빛

불빛

밀려오는

불빛

3

책상이 움푹 파였다

나를 자꾸 의심하면

엇나가진 않겠지 그럼

산으로 강으로

캠핑을 떠나자

희망이 없어도 우리

만날 수 있다

다시

그런 믿음으로

최저의 시

인간의 공포가
세계를 떠돌고 있다

알 수 있는
사실

비슷한 모양의 빌딩이 줄지어 서 있다 비슷한 모양의 아파트 단지 비슷한 모양의 마음

성내고 있다 사소한 것들
두 손 가득
쓰레기봉투 계단 내려가다 우수수 쏟아지는
냄새나는 것들 주저앉아
도망쳐버릴까
생각했었다

잠 못 이루고 길 헤매고
눈총들

“채용 합격의 중요한 변화는 돈입니다.
좋은 점은 나를 잊고
일에 집중할 수 있는 것입니다.”

임금으로 일상과 노동자의 삶이
나아질 거라고 전망하지만 부의 축적은
우릴 인간으로 만드는 데 실패했다

술자리에서
쓸모를 증명하기 위해
저기 서서 건배를 제안하는 그가
있는 힘껏 던진 공이
포수 가랑이 사이로 빠져나가고

혼자 지내기로 했네

친구여 어디 있나요?
나는 어디 있나요?

아침에 회사 일 하고
저녁에 대리운전 하는 것
모두에게 처음이다
이렇게 오래 살아남을 줄
누가 알았겠어

매일 보도되는 사건 사고
죽거나 죽을 위기를 겪는 이들
알 수 없는 것
병든 사람과 슬픈 사람은
구원받으려 애썼으나

뼛속까지 따라오는 장면들
너는 회사 생활에 지쳤다 우린 대화가 줄고 일상을 잊기 위해 아무것에나 몰두하고 있다 소파에 누워 둘 데 없는 식물과 혹시 모를 결혼식에서 입을 원피스를 찾고 있겠지 드라마를 보다 잠이 들면 누군가에게 쫓기고 팔과 다리를 휘저으며 소리치는 것이다

살려주세요
너무 아프다고요

빈칸 다음 빈칸
그랬구나 너는
외롭지 않으려고

우릴 기른 이들은
돈이 없는 자라서 일할 수밖에 없었다
그들의 삶을 짓밟은 건
우리다

입에서 맴도는 말을 억지로 꺼내면 바닥이 젖은 빨래로 가득할 것이다
그만둘 수 없으면 어쩌지?

문 앞에 놓인 허물
끝없이 허물

한치 뒤

엄마가 네명인 그에게
가난은,
대개 실수인
남매들을 여러 친척 집으로 흩어지게 하고
고아 신세는 면했지만
식당 이모들 열심히 일하지 않으면
시설에 보내겠다고 농을 쳤다
일곱살짜리 아이는
식탁에 남겨진 음식
주워 먹으며 바르게
자랐고 쉬지 않고 일했다
온 가족이 모인 어느 날
그의 아버지는
아이가 바람 쐬고
고무 대야 속
끔뻑끔뻑하던 물고기들
구경하던 방파제에서
그냥 죽어버리자고 말했다

벽난로에 불을 지폈다. 나는 마지막 순서였다. 다섯줄 정도 남았지만 더는 읽지 못하고 소리 내어 꺽꺽 울어버렸다. 그 일에 대해서; 어머니는 어머니의 어머니가 가마 속으로 들어갈 때 그렇게 울었다. 양주행 열차가 덜커덕덜커덕 멀어져갔다.

*

소나기
굴다리 밑
우수수 떨어지는
은행잎
안 좋은 소문이 돌아
네가 이상한 일에 휘말렸다던데
매일이 똑같다고 하는 걸 보니까
바쁘구나
사람들 수군거렸다
우리가 하는 일의 대부분은 헛수고다
하루 이틀

아니고
수북이 쌓인
노랗고 다정한
잎, 잎들

예견된 일

의자에 앉아 시간을 죽이고 있다

어떤 문장에서 사족을 떼면 아무것도 남지 않는다

잠의 끝과 끝을 걷는다 적는다

무엇이 나를 잡아당기는 걸까 가만히 있었을 뿐인데

울었어? 울었지?

우리는 돈이 없고 돈이 없어서 슬프고 슬퍼서 좋아하는 일을 그만둘 것이다

사라지고 있다 슬픈 얼굴 무엇이 문제인지 모르는 문제

위태롭고 오래 자는 사람

첫눈에 반했다고 한 거 거짓말이었지?

몇장의 사진이 우리가 살아 있었다는 걸 증명한다

종량제 봉투에 쓸모없는 물건들을 담는다

아무것도 남지 않을 때까지

X는 주차장에서 차를 끌고 나오던 중 괴한에 피격당한다 당시 그의 나이는 스무살이었다

가만히 앉아 있는 X

의식이 희미해지고 있다

잘못된 것을 바로잡고 싶지만

쓰다 만 것의 프롤로그 폭격 맞은 사원 신의 얼굴 신의 몸통 거미 개미 개구리 검은색 숲

달궈진 프라이팬에서 기름이 폭죽처럼 터지고 있다

너는 진지한 표정으로 지구로 향하고 있는 운석에 대해 말했다

End Note

너는 스무살 무렵
통 안의 알약을 입안에 털어 넣었다
막이 내리듯 어두워지길 기다리며

나쁜 마음은 없었다
너는 죽을 만큼 지루해서 펑펑 울었다

바닥에는 작은 구멍이, 흐트러진 마음이

배수통에서 썩은 냄새가 올라오고 있었다

잘 지내, 계속 잘 지내
수세미로 프라이팬 뒷면에 눌어붙은 갈색 기름때를 박박 닦으며
히트곡 후렴을 따라 불렀다

영영 지울 수 없는 것과
영영 지울 수 없을 것만 같은 것

하염없이 손을 벗어나는 무심한 것들

그때 수화기 너머에서 끔찍한 일이 벌어지고 있다는 사실을 직감했다

사라졌다, 사라졌어
주위를 둘러보니 모든 게 끝나 있었다
내가 뭔가 착각한 걸까

우리를 가로막고 있는 것
목숨처럼

흰색 승합차가 우리를 향해 질주할 때 나는 네 이름을 크게 외쳤다
네 덕분에 난 아주 행복했어

괜찮을 거라는 말은 싫었다
괜찮지 않으니까
하지만 무엇이 괜찮다고 하는지

어렴풋이 알았다

너는 살아서 불가능을 마주했고
거울을 들여다보며 중얼거렸다
오래 살아야 한다, 오래 살아야만 한다

배터리가 방전된 자동차 안에서 보험회사 직원을 기다리는 동안 세상이 너무 추워서

거의 모든 게 바뀐 것 같다 불과 일년이 지났을 뿐인데 나는 이제 그와 친구가 아니고

다 알고 있었구나 그런 시시한 일까지

거의 매일 밤 너는 꿈을 꾸었다
네가 지난밤 일을 말해줄 때 나는 그것을 노트에 옮겨 적곤 했다

오래전 일이다

우리는 가족이었고 모르는 사람이었고
강가의 하늘이 에메랄드색으로
환하게 빛났다

시민의 숲

죽은 이가 해방을 기뻐할 때
누구도 의심하지 않았다
이상한 건
앞일은 알 수 없고
근심해도 소용없다는 사실이다

이국의 이름을 발음하면
심장이 뛰는 건 왜일까
칠십년쯤 지나면
산 자도 죽은 자도 같다

선수(船首)에 모인 핏줄들이 발견한 건
야생 돌고래떼였다
귀여운 돌고래가 물 위로 뛰어오르던 사월
바람이 제법 매서웠다

한평생 비루한 몸으로 생활한 사람이라면 안다
단 한번만이라도 다른 몸으로 살고 싶었다

화목한 가정에서 자란 아이가
숙직실에 들어섰을 때
아이는 견디지 못하고 먹은 걸 모두
게워냈다

늙은 살가죽에서 검버섯이 자라나고
어둡고 습기 찬 마음에서
곰팡이가 피어나는 건
막을 수 없다

세상에서 가장 키 크고 힘센 여성이
벌떡 일어나 한 일은
하늘과 땅을 낳은 것이다

내가 여섯살 때
어멈은 한줌 재가 되었다
쇠꼬챙이로 주검을 뒤적이는 걸
멀뚱멀뚱 지켜보다가
나이가 들고

떠난 이의 영혼을 알 것도 같았다

세상을 망쳐버린 인간들 얘기는 지겨울 정도다

육지 땅을 밟은 섬사람들이
참호 속에서 소총을 손질했다
그들이 겨냥한 것은 악몽이었다

도시는 재건되었고
공원에 기념비가 세워졌다
생각에 잠긴 사람들
성벽 뒤에서 키스하는 연인
떠돌이 개

정차한 버스에서 내린 몇몇이 사차선 도로를 건너 아파트 단지로 향했다 내가 타야 할 버스는 다섯 정거장 뒤에 있었다

*

망루에 선 경찰이 사격을 시작했다

겨울의 사랑

하늘 위
하얀 구름
비행기 아래
수평선 희미하고
눈부시다

높은 산을 매일 보고 사는 사람에겐
짜증 같은 것도 사소해질 것 같다
눈이 녹지 않은
산 끄트머리

넌 두통과 근육통에 시달리고
약을 두알 더 삼켰지만
네가 아플 때
난 어떻게 해야 하지?

우박이 내리는데
구슬 아이스크림이 쏟아지는 거 같다

네가 아, 하고
입 벌리고
해변을 걸을 때였다

세상이 끝날 때까지

급정거한 버스가 경적을 울릴 때
우리는 알았다
잘못된 길이었다
반대 방향으로 달리고 있었다
사차선 도로에서
끝과 끝으로
핸들을 돌리며
전진과 후진을 계속했다 비상등을 켜고
생각했다
이 길은 올바른가
무엇을 향해 달리고 있는가
우리는
유혈 사태로 가득한 주말을 목격했다

시민의 삶은 고독하고 궁핍하며 짧다
이를테면
언젠가 쓸모 있을 거라며
버리지 않은 서랍 속
너절한 잡동사니처럼 그것이

우리의 삶을 밀어내고 있다
무엇을 버려야 하나
수도복 입은 수녀가
소총 든 군경들 앞에서
무릎 꿇고 있다
핏자국이 길게 이어졌고
아내가 비명을 지르며
잠에서 깼다

군경들은 시인의 머리에 총을 겨누고,
혁명의 법칙
생각만 하지 말고, 당신은 피처럼 용감해야 합니다*
군부는 시민에게 죄를 물었다
외할머니는 죽기 전 이런 말을 남겼다
자주 절망하되 희망을 잃지 말거라
아주 오래전 일이다
가장 약한 자부터
외로워질 것이다
공장을 불태우고

악은 물러가라
악은 물러가라
세상이 끝날 때까지
북을 치는
사람들

그사이 나는
은행에서 대출을 받았고
부모에게 돈을 빌려
스물한평짜리 아파트를 전세로 얻었다
견고해 보이던 일상은
빛과 어둠처럼
무너져버렸고 얼마 되지 않아
무너진 세상이 일상이 되었다
누구나 죄인으로 태어나므로
누구도 악에서 벗어날 수 없다고?
그래서 하고 싶은 말이 뭐야
신은 이 세상을

온 힘 다해
브레이크 페달을 밟았다
앞을 가로막은 현실
내일의 일과 이번 주의 일
나는 누구지?
잠에서 깬 아내를 쓰다듬으며
이젠 괜찮다고
말했다

시민들은 군부의 공격에 맞섰다
달리는 오토바이를 향해
방아쇠를 당기는, 모든 것을 빼앗는
불한당에게,
손을 높이 들고
거리를 행진하며
세상이 끝날 때까지
북을 쳤다
악은 물러가라
악은 물러가라

* 2021년 3월 3일 미얀마 모니와 지역에서 시민 불복종운동이 전개됐다. 이날 시민들은 거리로 나와 한목소리로 '군부 타도'를 외쳤다. 「두개골에 대하여」라는 시를 쓴 시인은 군부에 살해당했다. 머리에 총을 맞고 쓰러진 시인을 군인들이 어디론가 끌고 갔다. 그가 지나간 자리는 피로 물들었다.

이것이 고생한, 아니 고상한 이야기였다면

내가 말하는 것
네가 말하는 것
아무도 아닌
우리가 위험을 감수하는 것
불가피한 존재
태어난 이래 이 세상에서
어떻게 살아야 하는지
들을 기회는 자주 있었고
혹시 질문 있습니까?
다음 이어지는
침묵과 자주 마주쳤다

몇십년이 지난 지금
세상이 많이 바뀌었다
신이시여, 멈추지 마소서
갈 길이 먼 순례자들과
무수한 실패작들

다 잊고 없던 일로 해요

알았죠?

결과 없음에 대해; 추운 겨울 길거리에서 벌벌 떨며 기타 치고 노래하는 너는, 십년 넘게 성실히 작업에 임했다. (생계를 이어가야 했기에 아르바이트를 하고 남 뒤치다꺼리를 하고 남는 시간에) 결과를 내기 위해 거세게 몰아치는 십대와 이십대를 견뎠다. 『아뇨, 결과는 그런 것입니다』는 네가 구독하던 매거진의 100호 특별 부록 제목이었다. 거기에 「음악가의 음악」이 유명 아티스트에 의해 (250자 정도) 언급되었다. 나는 그 부분을 스크랩하여 밥상 유리 밑에 두었다. 무엇을 노래할 것인가, 밥 먹을 때마다, 무엇을 결과라고 할 것인가, 고민하는 네 표정을 내가 지켜보았다.

이제 실패하지 않겠다고 선언할 테야
형제들이여, 오늘부로 우리는 실패하지 않겠노라
원래 우린 실패뿐이잖아
목소리가 높아지고
자기 할 말만 떠들다가
흩어졌다

혼자 커피숍에서
마음이 상해서
너희는 정말 무례하구나 실패는 날 슬프게 하고 그것의 그물에서 벗어나려 할수록
더 엉키고 말았다

여기,
사람이 있다

너라면 현명하게 행동하겠지
그렇지 않다
나도 안다

꽃의 목이 바닥에 널려 있다
희디흰 목들
살아 있다면 언젠가 만나겠지
영혼이 떠도는 곳
나는 그냥
서 있다

그것들 사이
계속
서 있을 것이다

집이 엉망이라서 찾을 수 없는 물건, 매일 같은 시간, 같은 버스와 지하철, 같은 도보, 이년 동안 마주치는 옆집 사람
알은체하지 말 것

이사 가면 그리울 거야
너무 깊게 넣지 마 자꾸
헛구역질하잖아
사랑해
내 말 들었어?
나무늘보에겐 천적이 없대
살아남기 위해
아무것도 하지 않는대

어머니가 말씀하셨다
자고로 겨울은 추워야 한다

그래야 벌레들이 죽고
내년에 새 벌레들이 살 수 있다
죽기 전에 사랑을 나누는
벌레, 벌레들

"우리 서로 올인 해요.
초심을 잃지 말아요.
오늘 너무 좋았어요.
그 일은 제가 해결할게요."

사람들 갑자기 뛴다 이유도 모른 채
나도 뛴다
여긴 어디지?

남산타워를 보면 네가 생각나
근무 시간에 슬쩍 빠져나와 담배를 태우는 네가
점심 메뉴를 고민하다가 통장 잔고를 헤아려보는 네가
여섯시 퇴근을 앞두고, 옆 사람과 대각선에 앉은 팀장 눈치를 보는 네가

집에 아무도 없어서 키우던 고양이를 두고 와서 아무에게나 전활 걸어 살아 있다는 걸 알리고 싶은 네가

제 나름대로 보통의

인간인 네가

생각이 나

엘리베이터

오층 할아버지가 한 손에 막대 사탕 가득 쥐고 다른 한 손으로 그것 중 하나를 쪽쪽 빨았다

자네에게 해주고 싶은 말이 있어. 들어주겠나? 돌이켜 생각해보니 사소한 실수 때문에 청춘을 다 망쳐버린 것 같아. 이제야 깨달았다네. 모두 부질없는 일이었다는 걸……

문이 닫히고

나는 남겨졌다

엘리베이터가

지하로 향하는 줄도 모르고

그럴 수도 있겠다

미안해 미안하다고

넌 아주 기계가 됐구나
입만 열면 사과부터 하는구나

극단적이야
난 고개를 끄덕였고
(어떤 부분이 극단적이고
무엇이 극단인지 묻고 싶었지만)
계속 고개를 끄덕였고

또 딴생각했지?
두 손을 크게 휘저으며
반성하고 있었어
거짓으로
말했다

이것이 고생한, 아니
고상한 이야기였다면

그럼에도 우리는 살아갈 것이다

이경수

1

첫 시집 『나는 벽에 붙어 잤다』(민음사 2017)에서 "착한 사람들"의 마음에 기대어 "그물에 걸린 미래를 건져내기 위해 몸을 던"(「리얼리스트」)지는 '리얼리스트'임을 선언했던 최지인의 시는 이번 시집에서 2020년대를 살아가는 '비정규직 청년 세대' 리얼리스트 시인으로서의 몸을 구체화한다. 첫 시집의 세계를 이으면서도 한층 더 슬픔이 깊어지고 사랑도 깊어졌다. 첫 시집을 펴낸 지 5년의 시간이 흐르는 동안 시인은 삼십대가 되었고 세상은 더 나빠지는 방향으로 후퇴했지만 저항도 만만치 않았다. 홍콩 민주화 시위와 미얀마 민주화 운동이 있었고, 무엇보다도 코로나-팬데믹이라는 초유의 사태를 2년이 넘게 지금 이 순간에도 전 세계가 겪고 있다. 한편으로는 세계가 연결되어 있다는 것을 절감하게 한 경험이었지만 저마다의 공간에 갇혀 살아가는 동안 취약한 존재들의 상황은 점점 더 나빠져갔다. 비정규직 청년 세대가 겪는 혼란과 고통은 더욱 클 수밖에 없다. 당장의 생계 문제는 말할 것도 없고 마음의 문제도 더욱 악화되어가는 시절을 겪고 있을 테니 말이다. 이런 시간에 대한 경험이 최지인의 이번 시집에 아프게 담겨 있다.

평범하게 사는 것도 쉽지 않은 세상이다. 최지인 시의 주체도 소년에서 청년이 되고 삼십대가 되었지만 사는 건 조금도 나아지지 않았다. 삼십대 초반은 여전히 청년이기도 하고 청년이 아니기도 한 애매한 나이이다. 청년을 넘어설 것이 요구되지만 현실은 여전히 청년의 자리에 머물 수밖에 없는 나이. 최지인의 시는 2020년대 한국 사회를 살아가는 청년 세대의 일과 사랑과 아픔을 표상한다. 최지인 시의 주체가 표상하는 비정규직 청년 세대는 '부모보다 가난한 첫 세대'라는 딱지가 붙은 세대이자 공정과 정의를 배워왔지만 여전히 변하지 않는 현실 앞에 좌절과 분노를 경험한 세대이다. 이들에게 학교 바깥의 현실은 녹록지 않다. 더 열심히 살라고, 어차피 세상은 바뀌지 않는다고 몰아세우는 기성세대에게 분노와 슬픔을 느끼면서도 어쩔 수 없이 먹고사는 일에 붙들려 있다. 신자유주의의 문법을 온몸으로 체득하고 공정과 정의와 상식을 배웠음에도 "사람들의 기분을 망치고 싶지 않"(「더미」)아서, 한편으로는 분명한 의사 표현이 당장의 손해로 돌아올 것을 알기에 의사 표현을 제대로 하지 못하고 눈치를 보는 세대이기도 하다.

유전된 가난과 나아질 기미라곤 없는 현실 앞에 최지인 시의 주체는 자기 세대의 성장담과 삼십대가 되었음에도 여전히 성장 서사를 쓰고 있는 듯한 비정규직 청년 세대의 일과 사랑과 슬픔을 노래한다. 가족 서사와 그를 스쳐간 무수한 죽음이 이번 시집 곳곳에 흔적을 드리운다. "지나치게 일을 많이 해서/이룬 게 거의 없었"(「1995년 여름」)던 어머니의 이야기, "아버지에 대해 쓰지 않으면 그가/이 세상에 존재했다는 사실을/잊어버릴 것만 같"(「열개의 귀」)아서 늘어놓는 아버지의 이야기, 그리고 "마흔을 앞두고 위암 4기 판정을 받"은 형과 "십년 전 죽은 유리"(「언젠가 우리는 이 원룸을 떠날 테고」)까지 주체의 주변을 둘러싼 아픈 사람들과 죽은 사람들의 이야기가 다성적인 목소리로 펼쳐진다.

최지인은 요즘 젊은 세대의 시인들과는 별다르게 현실에 발붙이고 시를 쓰는 시인이자 폐기되어가는 리얼리즘을 자기 세대의 어법으로 갱신하고 있는 시인이다. 최지인의 시에 이 시대의 청춘들이 공감하고 눈물 흘리는 까닭이 여기에 있을 것이다. 아니, 세대를 넘어 최지인의 시는 우리의 마음을 두드린다. 각자의 방식으로 자신의 청춘을 회상하며 실패한 청춘 시절을 떠올리게 하기 때문이겠다. 그런 까닭에 오래오래 부여잡고 마음 아파할 수밖에 없는 시. 최지인 시의 힘은 여기에 있다. "일하고/일하고/사랑을 하"(「컨베이어」)는 청춘의 아름다움과 슬픔이 여기 고스란히 적혀 있다.

2

최지인의 첫 시집 해설에서 나는 그의 시가 응집에서 흩어짐의 자리로 향하고 있다고 말했다. 이번 두번째 시집은 확산을 형식과 내용 면에서 모두 구현하고 있다. 시의 길이도 훨씬 길어졌고 담고 있는 세계와 다성적인 목소리도 더 풍부하고 넓어져서 첫 시집의 지향점이 어떻게 확산되어왔는지 보여준다. 최지인의 시는 시대와 공간을 넘나들며 여러 청춘의 다성적인 목소리를 들려준다. 아픈 '너'의 여러 결의 목소리, 그리고 '우리'의 목소리까지. 최지인의 시에서 발화하는 목소리와 발화되는 목소리는 종종 외롭고 충동적인 모습으로 그려지는데 그것은 대개 살고 싶은 모습과 살아가는 모습의 충돌로 인해서이다. 사랑하고 사랑받고 싶지만 어긋나는 현실과 마음으로 인해 가까운 이에게도 이해받지 못한다는 생각에 외롭고, 노력해도 달라지는 것이 없을 거라는 생각에 자괴감과 무력감에 빠져든다.

> 회사 생활이 힘들다고 우는 너에게 그만두라는 말은 하지 못하고 이젠 어떻게 살아야 하나 고민했다 까무룩 잠이 들었는데 우리에게 의지가 없다는 게 계속 일할 의지

계속 살아갈 의지가 없다는 게 슬펐다 그럴 때마다 서로의 등을 쓰다듬으며 먹고살 궁리 같은 건 흘려보냈다

어떤 사랑은 마른 수건으로 머리카락의 물기를 털어내는 늦은 밤이고 아픈 등을 주무르면 거기 말고 하며 뒤척이는 늦은 밤이다 미룰 수 있을 때까지 미룬 것은 고작 설거지 따위였다 그사이 곰팡이가 슬었고 주말 동안 개수대에 쌓인 컵과 그릇 들을 씻어 정리했다

멀쩡해 보여도 이 집에는 곰팡이가 떠다녔다 넓은 집에 살면 베란다에 화분도 여러개 놓고 고양이도 강아지도 키우고 싶다고 그러려면 얼마의 돈이 필요하고 몇년은 성실히 일해야 하는데 씀씀이를 줄이고 저축도 해야 하는데 우리가 바란 건 이런 게 아니었는데

키스를 하다가도 우리는 생각에 빠졌다 그만할까 새벽이면 윗집에서 세탁기 소리가 났다 온종일 일하니까 빨래할 시간도 없었을 거야 출근할 때 양말이 없으면 곤란하잖아 원통이 빠르게 회전하고 물 흐르고 심장이 조용히 뛰었다

암벽을 오르던 사람도 중간에 맥이 풀어지면 잠깐 쉬기도 한대 붙어만 있으면 괜찮아 우리에겐 구멍이 하나쯤

있고 그 구멍 속으로 한계단 한계단 내려가다보면 빛도
가느다란 선처럼 보일 테고 마침내 아무것도 없이 어두워
질 거라고

우리는 가만히 누워 손과 발이 따듯해지길 기다렸다

—「기다리는 사람」 전문

가난한 연인은 어떻게 사랑할까? 낭만은 당장의 생계를 해결해주지 못하고, 현실은 자주 낭만을 짓누른다. "회사 생활이 힘들다고 우는 너에게 그만두라는 말은 하지 못하고 이젠 어떻게 살아야 하나 고민"하는 것이 주체의 현실이다. 더 슬픈 것은 그들에게 "계속 일할 의지 계속 살아갈 의지가 없다는" 것이다. 미래가 지금보다는 나을 거라는 희망은 아예 품어볼 수조차 없다는 것을 알아버렸다. 대단한 미래를 꿈꾼 것은 아니다. "베란다에 화분도 여러개 놓고 고양이도 강아지도 키우고 싶"은 정도의 소박한 꿈이었지만 이 도시에서 번듯한 주거 공간을 갖는 것은 결코 만만한 일이 아니다. 화분과 반려동물은커녕 겨우 몸을 누일 수 있는 한뼘의 공간, "멀쩡해 보여도" "곰팡이가 떠다"니는 집, "새벽이면 윗집에서 세탁기 소리"가 나는 층간 소음에 시도 때도 없이 시달리는 집이 현실에 훨씬 가깝다. "우리가 바란 건 이런 게 아니었는데" 현실은 막막하기 그지없다.

그렇다고 해서 이들이 열심히 살지 않은 것은 아니다. "미

룰 수 있을 때까지 미룬 것은 고작 설거지 따위"에 불과할 정도로 착실하게 살았다. 의지가 없음에도 착실하게 살았다는 것이 슬프지만 이것이 현실이다. "새벽이면 윗집에서 세탁기 소리"가 나도 "온종일 일하니까 빨래할 시간도 없었을 거"라고, "출근할 때 양말이 없으면 곤란"해서 그런 걸 거라고 이해하는 따뜻한 심장을 지닌 청춘이지만 "가만히 누워 손과 발이 따듯해지길 기다"리는 것 정도가 이들이 할 수 있는 선택지일 뿐이다.

나아진다는 게 뭘까
여러날 동안
여러달 동안

완전히 다른 사람이 되고 싶다고
하지만 우리를 주저하게 하는 것들

면담이 끝났다
그만둘 날이 정해졌다

사무실 이곳저곳에서
경보음이 울렸다

무슨 일이야?

지진이 났대

모두 자리를 지키고 있었다

*

우리 곁을 맴도는 바람 잠시 머문 햇살 이사를 앞둔 사람
네가 없는 여기

내가 떠난 건 네가 아니야
아프지 말자

우리의 고뇌를 위해서
알 수 없는 마음은 그냥 두자

*

아니야, 그건 내 이기심이야

*

누군가 말했다 극빈의 생활을 하고
배운 게 없는 사람은

자유가 뭔지도 모른다고

그런 자유는 없다
우리 시대 지식인들은 모든 인민에게 빚지고 있다

나는 무엇에 공모하고 있는가
이 구미 자본주의에
이 신자유주의에

바로잡을 기회는
있었다 분명 잘못된 것을
알면서도 그대로 둔 것이다

꽁꽁 언 고기가 녹고 있다

*

아름다운 것은 아프고
아픈 것은 아름다워서

우리는 우리의 잘못을 해지도록
읽고 또 읽었다

이 밤이 계속되기를 바라며
가만히
가만히

—「숨」 전문

생명을 지닌 존재가 살아가기 위해서는 숨을 쉬어야 한다. 숨을 쉴 수 있어야 하는데 시의 주체가 살아가는 세상은 온통 숨 막히는 곳이다. 여러 장면과 상황이 '*'로 분할되어 제시되는 시들이 이번 시집에서는 더욱 많아졌다. 생각이든 마음이든 여건이든 하나로 모으거나 통어하기 힘든 세상임을 이런 형식을 통해 드러낸다. '*'로 나뉜 여러 상황과 장면은 독립된 것이지만 정서적으로 서로 통한다. 숨 쉬기 힘든 상황이라는 점에서는 서로 연결되어 있다.

나아지기를 요구하는 세상을 살아가면서 시의 주체도 나아지고 싶다고, "완전히 다른 사람이 되고 싶다"고 생각하지만 "면담이 끝"나면 "그만둘 날이 정해"지는 정리해고와 구조조정이라는 현실이 그를 기다리고 있다. 지진이 나서 "사무실 이곳저곳에서/경보음이 울"려도 "모두 자리를 지키고 있"는 삭막한 현실. 시의 주체의 일터는 이렇게 숨 막히는 곳이다. 사랑이라고 사정이 다르진 않다. "내가 떠난 건 네가 아니"라고 애써 부인하며 "알 수 없는 마음은 그냥 두자"고 담담히 말해보지만 "그건 내 이기심"임을, 가난한 연인들의 사랑이 쉽지 않았음을 시의 주체도 잘 알고 있다. 사랑에 기대어 숨 쉬기도 쉽지 않다.

바깥의 정치 현실은 어떠한가? "극빈의 생활을 하고/배운 게 없는 사람은/자유가 뭔지도 모른다"는 망언을 내뱉으며 혐오를 부추기는 끔찍한 현실이 펼쳐지고 있다. 지난 5년의 세월 동안 우리는 무엇을 잃어버린 것일까? 도대체 무엇을 잃어버렸기에 존중과 연민과 애도 대신 멸시와 증오와 혐오를 발산하는 것일까? "바로잡을 기회"는 분명 있었던 것 같은데 어찌하여 오로지 이익과 돈과 승리만을 생각하는 사회가 되어버린 것일까? 숨을 쉴 수 없게 만드는 이 폭력적 현실 앞에서 시의 주체는 슬퍼한다. "아름다운 것은 아프고/아픈 것은 아름다워서" "우리의 잘못을 해지도록/읽고 또 읽"으며 성찰하고, "이 밤이 계속되기를 바라며/가만히/가만히" 숨을 쉬어보고자 한다.

최지인의 시에서는 여러 목소리가 들려온다. "이제 우리는 그 무엇도 정상이 아닌 곳에 있다"고 낙담하다가도 "그런데 정상이란 뭘까" 의심하는 목소리, "사람들의 기분을 망치고 싶지 않았다"(「더미」)고 고백하는 목소리, "십년 넘게" "몸담았던" 회사를 그만두며 "이제 뭘 할 수 있겠어 내가"라고 자조하는 목소리, "월세로 보증금 까먹고/쫓겨"나게 된 상황에서 "어머니가 편찮으"시다는 핑계로 시민단체 일을 그만두며 "아무것도 이룬 게 없다는 사실이/억울해서/핸들 붙잡고/마지막의 마지막까지/살아남겠다고/다짐"하는 목소리, "사십여일 동안 단식을 하"다 "실신해 병원에 이송"되면서도 “죽더라도 굶겠다”며 “죽음 앞에서/절규하듯 시를 토해내는”(「세상의 끝에서」) 목소리, 그리고 “우리가 믿고 원하는 것”은 “자유, 완벽한 고용, 보금자리, 올바른 교육, 사랑, 비폭력, 인간 대접, 전쟁의 종말, 비옥한 땅과 음식, 도시의 정원”임을 “1966년 10월”에 선언했던 “흑표범당”(「마카벨리전(傳)」)의 목소리. 아무것도 믿지 않고 냉소하는 목소리부터 아직도 꿈꾸는 목소리까지 들려온다. 최지인이 들려주는 다성적인 목소리들을 듣다보면 청년 세대의 목소리를 하나로 듣는 귀가 얼마나 폭력적인지 새삼 알겠다.

3

최지인의 시에 등장하는 비정규직 청년 주체는 쉬지 않고 일한다. 아무리 열심히 일해도 부모보다 가난한 이 세대는 신자유주의가 망쳐놓은, 돈이 지배하는 세상을 살아간다. 이런 세상과 이런 세상을 만든 기성세대를 부정하고 비판하면서도 그 속에서 벗어날 길을 잃어버린 세대의 무력감이 시집 전체에 흐른다. 열심히 일해도 좀처럼 나아지지 않는 현실에 절망하지만 그나마도 잘리거나 기회를 잃어버릴까봐 의사 표현을 제대로 할 수 없는 세대의 절망과 슬픔이 짙게 깔려 있다. 최지인 시의 주체는 “대학 졸업하고 월 백만원 받으며 사회생활을 시작”해 “월세를 못 낼지도 모른다는 두려움"에 "적은 월급을 받고도 야근하고 부당한 요구에도 침묵하고 집에 돌아오면 드라마를 몰아 보며 캔맥주를 홀짝이다 잠이 드는 생활에 빠진다"(「언젠가 우리는 이 원룸을 떠날 테고」). 자기 몸을 움직이지 않고는 한푼도 벌 수 없고 어디에도 기댈 데가 없이 사회생활을 시작한 이들이라면 이런 반복되는 생활이 어떤 것인지 잘 알 것이다.

벽이 있던 자리

마흔이 되던 해에 회사를 그만두고 고용센터 민원 대기
실에 앉아 손에 쥔 번호가 불리길 기다리는 선배에게 지
나온 삶은 행복이었을까 절망이었을까

우리는 어디서 무엇이 되어 다시 만날까

크래커

인간은 왜 죽을힘을 다해 일하는 걸까

함께 일했던 동료 두명은 쓸모없다는 이유로 해고당했다

대체할 수 있는 것들

포개져 있는

무해한 사람들

—「살과 뼈」 부분

최지인의 시는 비인간으로 내몰리는 이들의 목소리를 담아낸다. "죽을힘을 다해" 일해도 "쓸모없다는 이유"로 쉽게 해고당하는 세상에서 어떤 이들은 너무 쉽게 "대체"된다. "대체할 수 있는 것들"은 인간임에도 인간 취급을 받지 못하며 비인간의 자리로 내몰린다. 대체 가능하다는 이유로 "포개져 있는" 이들이야말로 "무해한 사람들"임을 시의 주체는 말한다. 무해하기 때문에 잘려 나간 사람들. "마흔이 되던 해에 회사를 그만두고 고용센터 민원 대기실에 앉아 손에 쥔 번호가 불리길 기다리는 선배"에게 "지나온 삶"은 어떤 의미였을지 시의 주체는 묻는다. "행복이었을까 절망이었을까". 행복이었던 순간까지 절망으로 기억되지는 않을지, 선배의 모습이 자신의 미래는 아닐지 묻는 것이겠다.

인용한 시는 1981년에 태어나 2020년에 세상을 뜬 '형'으로 짐작되는 이를 위한 기록이기도 하다. 마흔에 직장을 잃은 선배, "쓸모없다는 이유로 해고당"한 "함께 일했던 동료", "노력해서 무언가 되고자 했"지만 "미완성"인 시만 남긴 채 "나무가 된" 형은 대체 가능하다고 분류된 비슷한 처지의 사람들이다. "특히 가난한 소수자들"에게 "불리했"던 2020년대를 무사히 넘기지 못한 소수자는 선배이기도 하고 동료이기도 하고 형이기도 했을 것이다. 코로나-팬데믹으로 시작된 2020년대는 취약한 존재에게 더욱 가혹했다. "대부분 문제가 될 때까지 신경을 쓰지 않으니까" 벌어진 비극을 최지인의 시는 기억하고 기록하고자 한다. "영혼과 영혼이 이어져 있다고 믿으면/유령의 말을 받아 적을 수 있다"는 마음으로.

옆자리에서 일하던 동료는 말수가 줄었고 어쩌다 말을 할 때면 작고 낮은 목소리였다 임대차 보증금 삼천만원을 빼면 아무것도 남지 않는다고 계속 일해야 한다고 했다 이직한 회사에서 점심을 거르고 바깥에 주저앉아 시간을 죽였다 그것은 그의 우울 때문이고 그의 잘못은 아니다 교외에 차를 세워두고 자갈밭에서 우린 아무 말 하지 않았고

아내는 곧 그만둘 것이다
얼마 동안은 막막하겠지

(…)

고함지르며

낯선 사내와 몸싸움하던 아버지
외면했었다 나도 머리가 굵어지고
아버지 얼굴에 주먹을 휘둘렀을 때
그는 파산을 앞두고 있었다

양심 있는 지식인들은 노예제도가 여전히 계속되고 있다고 말한다 제대로 된 임금은커녕 마음대로 일을 포기할 수 없는 인간이 존재한다는 것이다

돈 버는 것에서
답을 찾으려고 했지만

삶의 모범이 없다는 건
몹시 슬픈 일이다

모든 걸 잃은 한 사람의 표정을 잊을 수 없다

누군가의 삶이 짓밟힐 때

자갈 구르는 소리가 났다

—「코러스」 부분

“굶어 죽지 않으려면/일해야” 하는 세상에서 최지인 시

의 주체도 "노래하지 않는다면" 곧 잊힐 거라는 불안을 가지고 살아간다. "회사에서 밤샘 작업하고/책상에 엎드려 쪽잠 잤던 일"을 "자랑처럼" 말하는 "피곤에 찌든 얼굴"은 너무나 익숙한 얼굴이기도 하다. 이러한 악순환이 "이 세상이 멸망할 때까지/끝나지 않을 것"(「문제와 문제의 문제」)임을 시의 주체는 잘 알고 있다. "임대차 보증금 삼천만원을 빼면 아무것도 남지 않"아 "계속 일해야" 하는 처지의 "옆자리에서 일하던 동료"는 부쩍 "말수가 줄었고", "아내는 곧" 직장을 "그만둘" 예정이다. 생활이 목을 졸라오자 주체는 자연스럽게 오래전 "고함지르며/낯선 사내와 몸싸움하던 아버지"를 외면했던 일과 "파산을 앞두고 있었"던 "아버지 얼굴에 주먹을 휘둘렀"던 때가 생각난다. 아버지도 자신도 다를 바 없다는 사실을 새삼 깨달은 것이다. "제대로 된 임금은커녕 마음대로 일을 포기할 수 없는 인간이 존재한다"면 "노예제도가 여전히 계속되고 있다"는 말이 맞을지도 모르겠다. "모든 걸 잃은 한 사람의 표정"은 시의 주체에게 "잊을 수 없"이 각인된다. "누군가의 삶이 짓밟힐 때" 나는 "자갈 구르는 소리"가 '코러스'가 되는 까닭은 삶이 짓밟히는 순간에조차 주인공이 될 수 없기 때문일 것이다. 아니, "자갈 구르는 소리"가 여기저기서 들리기 때문이기도 할 것이다.

자유로에서 파주 출판도시로 빠져나갈 때
우리가 벌써 삼십대가 되었고

변하지 않은 것은 과거뿐이라는 걸 알았다

친구를 태우고
식당에서 만둣국을 먹는 동안
시답지 않은 농담을 주고받았다
어느새
바닥이 보였다

필로티 주차장에
차를 세워두고
그게 무엇이었든
영원하길 바라던 때는
지났다

대기 발령 중인 친구는
잠이 오지 않는다며 물류센터에 나가 일했다
거대한 컨베이어 벨트 앞에
서서
물건들을 분류했다

나는 곧 잘릴 것이다
해야 할 일을 완수하지 못했기 때문에

사라질 것이다
더이상 슬픔은 없다

그동안 무얼 했는데?

사실 저는 일 말고 다른 것을 좋아했습니다.

무대에 선 친구가 기타를 치며 노래했다

유명해지거나
가난해지거나
우리에겐 선택지가 없네
너희는 처음부터 알고 있었겠지
하루 열여섯시간
여섯명의 몫을 하기에 우리는
벌써 늙어버렸네

일하고
일하고
사랑을 하고
끝끝내
살아간다는 것을
들것에 실려 나가기 전에

알고 있었던 것

비정규직의 정규직 전환을 반대하는 건 정규직이라는 사실 하고 싶지 않은 일은 보상이 적다는 사실 한번 일자리를 잃은 이는 계속해서 자리를 잃게 될 거라는 사실

아스팔트에 쓰러진 운전자와 찌그러진 범퍼 앞에서 전화하는 운전자와 옆으로 누운 오토바이를 피해 서행하는 운전자

혼자 남은 나에게
혼자 남은 너에게

산 자의 얼굴을 들여다보며

아무것도 하지 않은 것에 대하여

나는

—「컨베이어」 전문

“거대한 컨베이어 벨트 앞”에서 분류되는 물건과 그것을 분류하는 자신들이 다르지 않음을 시의 주체는 안다. “우리가 벌써 삼십대가 되었고/변하지 않은 것은 과거뿐”이라는

것을. "시답지 않은 농담을 주고받"는 자신들의 모습에서 "바닥"을 보고 "그게 무엇이었든/영원하길 바라던 때는/지났다"는 것을 깨닫고 만다. "해야 할 일을 완수하지 못했기 때문"에 "곧 잘릴 것"임을 아는 시의 주체는 "사라질 것"이기에 "더이상 슬픔은 없다"고 말한다.

여기까지라면 사실 특별할 건 없다. 비정규직의 설움에 대해 노래한 시는 이미 많았으니까. 최지인의 시가 다른 것은 컨베이어 벨트에서 생산되는 제품 같고 부품 같은 소외된 노동자들을 그리는 데 있지 않다. 오히려 "그동안 무얼 했는데?"라는 물음에 "사실 저는 일 말고 다른 것을 좋아했습니다"라고 말하는 태도에서 새로움이 포착된다. "무대에선 친구가 기타를 치며 노래"하는 목소리를 빌려 시의 주체는 말한다. "유명해지거나/가난해지거나/우리에겐 선택지가 없"음을. 이미 늙어버린 시의 주체는 "들것에 실려 나가기 전"까지는 "일하고/일하고/사랑을 하고/끝끝내/살아간다는 것"을, 그런 운명임을 안다고 말한다. "비정규직의 정규직 전환을 반대하는 건 정규직이라는 사실"과 "하고 싶지 않은 일은 보상이 적다는 사실", "한번 일자리를 잃은 이는 계속해서 자리를 잃게 될 거라는 사실"은 이 사회의 구조가 어떻게 짜여 있는지 적나라하게 보여준다. 최지인 시의 주체는 이 사회의 불합리한 구조를 아는 자이자 그 구조 안에 갇히기를 거부하는 자이며 "혼자 남은 나에게/혼자 남은 너에게//산 자의 얼굴을 들여다보며//아무것도 하지 않은 것"

을 후회하는 자이다. 이제 그의 선택을 눈여겨볼 차례이다.

4

일하고 일하는 시의 주체는 그에 못지않게 사랑을 한다. 최지인은 사랑이 넘치는 시인이다. 빛이 보이지 않는 막막한 현실에서 사랑만이 유일한 출구이자 다른 가능성을 열어주는 숨통이 된다. 하지만 최지인 시의 주체에겐 사랑도 쉽지 않아 보인다. 시간이 어긋나고 시선이 어긋나고 그러다 마음이 어긋나는 관계가 반복된다. 사랑의 실패로 마음을 다치고 더 자주 절망하면서 주체의 외로움은 더욱 심화된다.

너와 손잡고 누워 있을 때
나는 창문에서 뛰어내리는 한 사람을 떠올렸다

이 세계의 끝은 어디일까
수면 위로 물고기가 뛰어올랐다

빛바랜 벽지를 뜯어내면
더 빛바랜 벽지가 있었다

선미(船尾)에 선 네가 사라질까봐

두 손을 크게 흔들었다

컹컹 짖는 개를
잠들 때까지 쓰다듬고

종이 상자에서
곰팡이 핀 귤을 골라내며

나는 나를 미워하지 않는다
기도했었다

고요했다
태풍이 온다던데

아무런 진전이 없었다

—「죄책감」 전문

가난한 연인들의 사랑은 불안과 죄책감을 낳는다. 언제 사라질지 모른다는 불안감, 자꾸 "이 세계의 끝"을 생각하게 되는 불길한 예감 같은 것에 자주 사로잡힌다. "너와 손 잡고 누워 있"는 행복한 시간에도 '나'는 "창문에서 뛰어내리는 한 사람을 떠올"린다. 가까운 이의 아픔과 죽음을 자주 경험한 최지인 시의 주체는 가장 행복한 시간에 "이 세계의 끝"이라는 죽음과 종말을 상상하곤 한다. "빛바랜 벽지를 뜯어내면/더 빛바랜 벽지가 있었"던 현실과 자주 마주쳤기 때문이기도 하겠다. "빛바랜 벽지" "컹컹 짖는 개" "곰팡이 핀 귤"은 모두 시의 주체가 느끼는 불길함을 표상한다. "나는 나를 미워하지 않는다" 기도했지만 태풍이 오기 직전의 고요함을 예감하며 죄책감에 사로잡히곤 한다. 사는 것도 사랑도 일도 "아무런 진전이 없"는 청춘이 끝나지 않을 거라는 불길한 예감이 최지인의 시에는 깃들어 있다.

끝에 대한 불길한 예감은 사랑하는 대상이, 행복한 순간이 사라질 거라는 불안감과 자신에 대한 의심과 우울을 동반한다. "나를 의심하지 않을 수 없어서/아침에 세알/취침 전 일곱알" 약을 먹어야 잠잘 수 있는 날들이 이어진다. "우울하기 때문에/그것은 잘못처럼 아름답다". 최지인 시에 그려진 사랑은 종종 죄책감을 동반한다. "얼마나 나쁘고 엉망인지에 대해/주저리주저리 떠들어"댈수록 우울은 깊어가고, "너희가 하는 거 다 의미 없어/해봤자 헛수고"라는 기성세대의 충고를 빙자한 냉소는 비수가 되어 상처를 후빈다. 세상은 "희미하고/꿈만 같"고 "아무것도/보이지 않"(「몇가지 요구」)는다.

바위 위 사마귀
바위색 사마귀
그것들 뒤로 그림자

나는 벌써 백발이 되었다

그날 운세는 이러했다
쪽배가 큰 파도를 만나 예상치 못한 일로 변고를 당할 수 있다
그러나 절대 불의를 행하지 마라

트럭을 피하려다 벽에 차를 박았다
보조석 범퍼가 깊게 파였다
아무도 다치지 않았다
무더운 여름이었다

어제는 저녁에 한강공원을 걸었다
죽은 지렁이들을 보았다

실패한 사랑은 아무것도 하지 않는 것에 대한 괜찮은 변명거리다
누구나 실패하니까
그렇다고 해서 포기할 순 없다

경광봉을 흔드는 한 사람과
참 캄캄한 하늘
네가 가리킨 것은

맑고 향기로운 잘못들이었다

너는 슬퍼지지 않는 것 따위는 삶이 아니라고 말하는 사람이었고
나무들 사이를 지나는데
손끝이 닿았다
다음 생은 엉망으로 살고 싶어, 마음껏 엉엉 울고 그 누구도 되지 않는, 그럼 아쉬워도 태어나지 않겠지, 나뭇가지에 옷을 걸어두고 이제 여름으로, 여름으로

사랑한다 말하면 무섭다
그것이 나를 파괴할 걸 안다

초파리가 과일 껍질 위를 맴돌고 있다
옆으로 돌아누운 너는
이해할 수 없는 사람
네가 거기 있다는 걸 알 수 없듯이
서성이는 슬픔

저 멀리 섬들 보인다
이제 바다를 건널 것이다

—「섬」 전문

아무것도 보이지 않는 막막한 미래와 불안한 사랑의 감정을 겪으며 "나는 벌써 백발이 되었다". 이미 다 산 것 같은 마음, 백발이 되어버린 청춘. 하루하루가 불안한 나날이 이어질 때 '오늘의 운세' 같은 것에 기대기도 했을 것이다. "쪽배가 큰 파도를 만나 예상치 못한 일로 변고를 당할 수 있다/그러나 절대 불의를 행하지 마라". 잦은 변고를 동반하는 삶은 지푸라기를 잡는 심정으로 신문 한 귀퉁이에 나오는 '오늘의 운세'를 보고 불길함을 더하거나 일말의 기대를 걸어보기도 할 것이다. "트럭을 피하려다 벽에 차를 박"는 일 따위는 사건 축에 들지도 못하는 날이 이어졌을 것이고, 저녁에 한강공원을 걷다 발견한 "죽은 지렁이들"조차 예사롭게 보아 넘겨지지 않는 불길한 나날들이 계속됐을 것이다.

'너'는 "슬퍼지지 않는 것 따위는 삶이 아니라고 말하는 사람"이었고, '나'는 "네가 거기 있다는 걸 알 수 없"어 불안하고 슬프다. 슬픔조차 서성인다. "옆으로 돌아누운 너"를 "이해할 수 없는 사람"이라 생각하면서도 사랑이 "나를 파괴할 걸" 알아서 "사랑한다 말하면 무섭다" 하면서도 "그렇다고 해서 포기할 순 없다"고 시의 주체는 말한다. 우리는 저마다 '섬'임을 알면서도 사랑을 한다. 최지인 시의 주체는 가만히 선언한다. "이제 바다를 건널 것"이라고. 바라만 보는 것이 아니라 바다를 건너 섬에 닿고자 한다. 무섭고 아프지만 그럼에도 사랑 없이는 살아갈 수 없음을 알고 있기 때문이다.

전세로 얻은 다섯평짜리 주거용 오피스텔 계약이 한달 남았다 이년 전 이 동네는 큰길 따라 공사가 한창이었다 공사장 옆을 걷다가 녹슨 못이 운동화 밑창을 뚫고 뒤꿈치에 박혔을 땐 주저앉아 펑펑 울었다

내가 자격 없는 사람이란 걸
은행 대출을 알아보고 나서 알았다

(…)

*

"여쭤볼 게 있는데요… 결혼 자금 대출이요… 혼인신고 꼭 해야 하나요… 저희가… 당장… 혼인신고할 여력이 없어서요… 청첩장은 첨부해서 보냈는데요… 아, 근데 혹시… 지금 녹음되고 있나요?"

(…)

"이 좁고 우스운 땅 위에
내려오지 마 네 작은 날개를
쉬게 할 곳은 없어"

(…)

너도나도
알고 있었다

—「늪지의 개들」 부분

스스로를 "늪지의 개들"이라고 인식하는 시의 주체는 부모 세대보다 더 가난하지만 그럼에도 돈 말고 이루고 싶은 것이 많은 세대이다. 그러나 먹고살기 위해 일을 해야 하고, 사랑하는 이와 함께 가정도 꾸리고 싶다. 결혼을 준비하며 "은행 대출을 알아보고 나서"야 "내가 자격 없는 사람이란 걸" 알고 좌절하지만 그렇다고 사랑하는 이와 함께 사는 것을 포기하지는 않는다. "결혼 자금 대출"을 받으려면 "혼인 신고"가 꼭 필요한지 문의하면서 이 대화가 "녹음되고 있"는지, 그것이 혹시 법적으로 불리하게 작용하지는 않을지 불안하고 걱정이 많다. 그만큼 부당한 일을 많이 겪었다는 뜻이기도 하겠다. "이 좁고 우스운 땅 위"에 "네 작은 날개를 쉬게 할 곳은 없"음을 알면서도 꿈도 사랑도 잘 해내고 싶은 마음을 포기하지 않으며 "늪지의 개들"처럼 돌파구를 찾아가려는 데 최지인 시의 힘이 있을 것이다. "가난, 우울, 질투, 증오……/이것도 사랑이라고 말할 수 있을까"(「동시대 문학」) 의심하면서도 그런 사랑이나마 계속하려는 마음 같은 것인지도 모르겠다. 기성세대와는 다른 방식으로 이 세계에 균열을 내며 안갯속 같은 희미한 사랑을 어쩌면 이들은 찾아갈 수 있을지도 모르겠다.

하늘 위
하얀 구름
비행기 아래
수평선 희미하고
눈부시다

높은 산을 매일 보고 사는 사람에겐
짜증 같은 것도 사소해질 것 같다
눈이 녹지 않은
산 끄트머리

넌 두통과 근육통에 시달리고
약을 두알 더 삼켰지만
네가 아플 때
난 어떻게 해야 하지?

우박이 내리는데
구슬 아이스크림이 쏟아지는 거 같다

네가 아, 하고
입 벌리고
해변을 걸을 때였다

—「겨울의 사랑」 전문

희미하지만 눈부신 사랑. 최지인 시의 주체가 꿈꾸는 "겨울의 사랑"은 그런 모습이 아닐까? "높은 산을 매일 보고 사는 사람에겐/짜증 같은 것도 사소해질 것 같다"는 생각을 하며 "눈이 녹지 않은/산 끄트머리"를 바라보면서 현실의 사랑이 종종 동반하는 짜증이 사소해지는 지혜를 배워간다. "두통과 근육통에 시달리"는 아픈 '너'를 두고도 '나'는 할 수 있는 게 없어서 절망하곤 했었다. 이제 시의 주체는 "네가 아플 때/난 어떻게 해야 하"는지 묻는다. 그만큼 주체의 사랑이 성숙했다고 말할 수도 있겠다. 슬프고 괴로워서 회피했던 모습에서 한발 나아가 자신이 어떻게 해야 하는지를 묻게 되었으니 말이다. "우박이 내리는데/구슬 아이스크림이 쏟아지는 거 같다"는 아름다운 풍경이 주체의 눈앞에 펼쳐지는 것은 "네가 아, 하고/입 벌리고/해변을 걸을 때"였다. 사랑하는 두 사람에게 드디어 같은 풍경이 보이기 시작한 것이다. 시의 주체는 이제 '너'와 같은 감각을 느끼고 같은 풍경을 바라본다. 최지인 시의 주체가 끝을 예감하면서도 포기하지 않는 사랑에, "아, 하고/입 벌리고/해변을 걸"으며 우박을 받아먹는 아름다운 풍경에 동참하고 싶어진다.

5

사랑이 많은 최지인의 시는 1990년생 시인다운 언어와 형식으로 새로운 리얼리스트 시인의 자리를 열어가고자 한다. 선배 세대를 존중하되 그들과는 다른 방식으로, 폭력이 난무한 세계에서 비폭력의 힘으로 서로의 취약함을 인정하며 취약한 이들의 공동체를 만들어가고자 하는 것인지도 모르겠다. 무력감이 끝없는 바닥으로 자신을 가라앉힌다는 것을 아는 시인이므로 사랑의 힘으로 일어나 취약한 이들이 만들어가는 '우리'의 공동체, 서로가 서로를 돌보는 공동체를 상상하고 실천하고자 하는 것이겠다.

시베리아가 불타고 있다

모든 것이 끝나리라는 기대도 있었지만 다른 선택지가 없다는 걸 알았을 때 날려버린 시간을 만회하려고 애를 썼다

운이 나빴다고도 할 수 있다

며칠째 두통에 시달리는 너에게
괜찮아질 거라는 말만

잠을 청하며 슬픔에 잠기곤 했는데

어제 집계된 감염자 수와 두려움과 가난과 외로움

상황이 나아지지 않으면
우린 어떻게 되는 걸까

돈 버는 것보다 가치 있는 일이 있다고 믿었다 갓 서른을 넘겼을 뿐인데 다 늙어버린 것 같다 태어나고 싶지 않았다고 너는

끝이 보이지 않는 바닥을 향해 가라앉는

이것은 모두 이번 여름의 일

기대하지 않는 사람은 이 세상과 얼마나 멀어진 걸까

폭우가 계속되는 계절

고양이들은 어디서 비를 피하는 걸까

—「이번 여름의 일」 전문

"시베리아가 불타고 있"고 "어제 집계된 감염자 수"에 일희일비하며 "두려움과 가난과 외로움"을 간신히 견디는 것이 2020년 이후 우리의 일상이 되어버렸다. 인류가 애써 일궈온 문명이 지구를 끝장내고 있다는 깨달음에 몸서리쳤지만 그런 깨달음조차 코로나-팬데믹이 3년째에 접어든 지금 희미해지고 있는 듯하다. 우크라이나에선 전운이 감돌고, 수차례의 계엄령과 수차례의 전쟁을 겪으며 인류 사회가 무엇을 학습했는지 회의와 절망에 빠지게 하는 나날이 이어지고 있다. "끝이 보이지 않는 바닥을 향해 가라앉는//이것은 모두 이번 여름의 일"이다. 아니, 어찌 "이번 여름의 일"이라고만 말할 수 있겠는가. "폭우가 계속되는 계절"을 내내 지나온 것도 같다. 최지인 시의 주체는 여기서 묻는다. "기대하지 않는 사람은 이 세상과 얼마나 멀어진 걸까". "끝이 보이지 않는 바닥을 향해 가라앉는" 일을 겪으면서도 시의 주체는 기대하는 사람이다. 이 세상과 아직 멀어지지 않은 사람이다. 그만큼 사랑이 많은 시인이기 때문이다. "상황이 나아지지 않으면/우린 어떻게 되는 걸까". 두렵지 않은 사람은 없겠지만 그럼에도 시의 주체는 '우리'에 대한 기대를 포기하지 않는다.

최지인 시의 주체는 이 구제 불능의 세상을 향해서 이렇게 외친다. "우리는 죽지 말자 제발/살아 있자". 그리고 "요새 애들은 뭔 할 말이 그리 많으냐, 자고로 시는 함축적이어야 한다"고 말하는 교수에게 이렇게 선언한다. "우리는 장황하게 말할 것이다 계속/여러명의 목소리로 떠드는 걸/멈추지 않을 것이다"(「제대로 살고 있음」). 최지인 시의 비밀은 여기에 있다. 여러명의 목소리로 장황하게 떠드는 것. 다성적인 목소리로 이 구제 불능의 세상을 향해 다른 목소리를 왁자하게 들려주며 우리들의 비명과 울음과 사랑을 노래하는 것. 그것은 "질투와 분개"의 언어 '펑크'를 넘어 "포스트 포스트 펑크"를 지향하는 새로운 저항의 노래라고 명명할 수도 있겠다. "여기까지 오는 데 너무 오래 걸렸다"는 고백과 함께 최지인 시의 주체는 "우리에게 필요한 것은/사람의 체온, 혼자가 아니다, 쓸모없지 않다/여기게 하는 무엇"(「포스트 포스트 펑크」)이라고 선언한다.

수도복 입은 수녀가
소총 든 군경들 앞에서
무릎 꿇고 있다
핏자국이 길게 이어졌고
아내가 비명을 지르며
잠에서 깼다

군경들은 시인의 머리에 총을 겨누고,
혁명의 법칙
생각만 하지 말고, 당신은 피처럼 용감해야 합니다
군부는 시민에게 죄를 물었다

외할머니는 죽기 전 이런 말을 남겼다
자주 절망하되 희망을 잃지 말거라
아주 오래전 일이다
가장 약한 자부터
외로워질 것이다
공장을 불태우고
악은 물러가라
악은 물러가라
세상이 끝날 때까지
북을 치는
사람들

그사이 나는
은행에서 대출을 받았고
부모에게 돈을 빌려
스물한평짜리 아파트를 전세로 얻었다
견고해 보이던 일상은
빛과 어둠처럼
무너져버렸고 얼마 되지 않아
무너진 세상이 일상이 되었다
누구나 죄인으로 태어나므로
누구도 악에서 벗어날 수 없다고?
그래서 하고 싶은 말이 뭐야

신은 이 세상을

온 힘 다해
브레이크 페달을 밟았다
앞을 가로막은 현실
내일의 일과 이번 주의 일
나는 누구지?
잠에서 깬 아내를 쓰다듬으며
이젠 괜찮다고
말했다

시민들은 군부의 공격에 맞섰다
달리는 오토바이를 향해
방아쇠를 당기는, 모든 것을 빼앗는
불한당에게,
손을 높이 들고
거리를 행진하며
세상이 끝날 때까지
북을 쳤다
악은 물러가라
악은 물러가라

—「세상이 끝날 때까지」 부분

“이 길은 올바른가/무엇을 향해 달리고 있는가” 생각하면서도 최지인의 시는 “유혈 사태로 가득한 주말을 목격”했음을 기록한다. “수도복 입은 수녀가/소총 든 군경들 앞에서/무릎 꿇고”, “군경들은 시인의 머리에 총을 겨누고”, “군부는 시민에게 죄를” 묻는 일이 지금도 지구 위 어디선가 벌어지고 있다는 사실을 전하고자 한다. 불과 40여 년 전에 이 땅에서도 벌어졌던 일이다. “혁명의 법칙/생각만 하지 말고, 당신은 피처럼 용감해야 합니다”. 2021년 「두개골에 대하여」라는 시를 쓰고 거리에서 살해당한 미얀마 시인의 시와 “자주 절망하되 희망을 잃지 말거라”라는 외할머니의 유언이 시의 주체의 몸에 새겨진다. “가장 약한 자부터/외로워질 것”임을 아는 시의 주체는 가장 약한 자들의 공동체, 취약한 존재임을 스스로 인지한 이들의 공동체에 기꺼이 함께하고자 한다. “은행에서 대출을 받”고 “부모에게 돈을 빌려/스물한평짜리 아파트를 전세로 얻었”지만 “견고해 보이던 일상은/빛과 어둠처럼/무너져버렸고 얼마 되지 않아/무너진 세상이 일상이 되었다”. 대부분이 겪은 일이기도 하지만 취약한 존재들에게 무너진 일상이 미치는 파급력은 훨씬 크게 마련이다. “가장 약한 자부터/외로워”지는 일이 실제로 일어나고 있다.

“누구나 죄인으로 태어나므로/누구도 악에서 벗어날 수 없다”는 말을 최지인 시의 주체는 용납하지 못한다. “온 힘 다해/브레이크 페달을 밟”으며 이 난관을 헤쳐나가고자 한다. '포스트 포스트 펑키'한 시로 최지인의 시는 자기 세대의 목소리를 내고자 한다. "손을 높이 들고/거리를 행진하며/세상이 끝날 때까지/북을 쳤"던 그 마음으로, 그 비폭력 공동체의 힘으로. "악은 물러가라/악은 물러가라" 외치면서.

최지인의 시는 독자들을 향해, 이런 세상을 만든 '우리'를 향해 계속해서 질문을 던진다. 그의 시가 던지는 질문은 여전히 아프다. 더 깊어졌고 독해졌다. 가까운 이들의 죽음과 사랑하는 사람과의 이별을 겪고 그 고통의 시간을 지나면서도 살아야 했던 세월이 켜켜이 쌓였기 때문일 것이다. "이것도 사랑이라고 말할 수 있을까". 시인은 묻는다. 어떻게 이것을 사랑이라고 말하지 않을 수 있겠는가. 이제 우리의 대답을 들려줄 차례이다.

李京洙 | 문학평론가

| 시인의 말 |

그 무엇도 무너뜨릴 수 없는 것이 있다. 일하고 사랑하고 희망할 것이다.

2022년 3월

최지인

창비시선 472

일하고 일하고 사랑을 하고

초판 1쇄 발행/2022년 3월 18일
초판 8쇄 발행/2024년 12월 30일

지은이/최지인
펴낸이/염종선
책임편집/이진혁 박문수
조판/박아경
펴낸곳/(주)창비
등록/1986년 8월 5일 제85호
주소/10881 경기도 파주시 회동길 184
전화/031-955-3333
팩시밀리/영업 031-955-3399 편집 031-955-3400
홈페이지/www.changbi.com
전자우편/lit@changbi.com

ISBN 978-89-364-2472-5 03810

* 이 책은 서울문화재단 '2020년 창작집 발간 지원사업'의 지원을 받아 발간되었습니다.

* 책값은 뒤표지에 표시되어 있습니다.